普通話正音教程

普通話正音教程

張本楠　楊若薇　編

三聯書店（香港）有限公司

責任編輯　姚永康
裝幀設計　陸智昌

書　　名　普通話正音教程（互動光碟版）
編　　者　張本楠　楊若薇
出　　版　三聯書店（香港）有限公司
香港鰂魚涌英皇道1065號1304室
JOINT PUBLISHING (H.K.) CO., LTD.
Rm. 1304, 1065 King's Road, Quarry Bay, Hong Kong
香港發行　香港聯合書刊物流有限公司
香港新界大埔汀麗路36號3字樓
印　　刷　陽光印刷製本廠
香港柴灣安業街3號6字樓
版　　次　2004年7月香港第一版第一次印刷
2011年6月香港第一版第四次印刷
規　　格　大32開（140×203mm）176面
國際書號　ISBN 978-962-04-2398-7

編者簡介

張本楠博士

畢業於北京師範大學中文系，現任教於香港教育學院中文系。

在北京、北美及香港等地高等院校執教多年。曾參加數種普通話教材的編寫和審訂，發表過漢語教學及漢語音韻研究專題論文多篇。獲中國國家語言工作委員會頒發"國家級普通話水平測試員"資格和"普通話水平一級甲等"證書。

楊若薇博士

畢業於北京大學，現任教於香港公開大學教育及語文學院。

在北京、北美及香港等地高等院校任教多年。發表過漢語史研究、普通話教學及研究論文多篇。曾參與過數種普通話教科書的編寫工作。

目　錄

附錄

前　言

包括廣州話在內的漢語各方言與普通話，是“書同文，語不同音”。所以，以方言為母語的人學習普通話，首當其衝要解決的問題，就是“音”。

説好普通話，首先要音正。要音正，就要正音：學習正確的發音，糾正不正之音。

這，就是本書的宗旨。

近年來，學習普通話在香港已蔚然成風。各種學習普通話的書籍也應運而出。目前，坊間的普通話書籍大多是入門教材。毫無疑問，這些一般性的入門教材功不可沒，是非常必要的。然而，當人們欲求“更上一層樓”之際，希望把普通話説得更準確、更地道之時，便需要專門的語音教材加以指導。

《普通話正音教程》正是為香港地區和以粵語為母語的人士學習和提高普通話語音水平而設計編寫的。使用這本教程，要求學習者已具備一定的普通話語音知識和能力，對漢語拼音也已初步了解。

本書主要的編寫目標是“正音”，即幫助學習者克服普通話學習中的語音難點，辨別正誤，糾偏改謬。因此，本教材不是普通話語音知識的全面講授（例如語調問題便未詳加討論），而是切合香港普通話學習者的實際情況，進行語音的重點指導和訓練。當然，在難點之外，本書也在一定程度上照顧了語音系統的整體性。

本教材結構清晰、循序漸進。全書按照普通話語音教學方法，分為聲調、聲母和韻母三個學習單元。每個單元各有側重，但全書是貫通一體的。學習者可根據實際需要，靈活使用，不必拘泥於原定的章節順序。

作為教材，本書以規範性為依歸。凡是有爭議而無定論的內容，則選取較傳統的或較常見的見解。雖然流行於口頭，但不合規範的發音則一律不取。本書所列舉的字、詞的讀音，均以中國社會科學院語言研究所詞典編輯室編的《現代漢語詞典》（修訂本）一九九六年七月版為準。語音語調則以目前內地電視台或廣播電台所一般使用者為依據。

本教材充分注意了語音學習的實踐性質，重視通過大量的練習來把握普通話的語音。這些練習都由淺入深，生動有效。因此，學習者要清楚地知道，本書是供"練"的，而不是供"讀"的。"練"又可分為兩個方面，一是練耳，二是練口；本書以練口為主，以解決發音不準的問題為目標。

本書既適於自學又適於一般的課堂教學使用。所有練習材料都配有標準錄音資料和漢語拼音，課文後面附有相關答案。

在現代社會，任何一本新作，都會參考大量前賢和時賢的相關著作，本書亦不例外。因為囿於教科書的體例，不便隨頁注明參考資料，所以，將主要參考書目恭列於書後。另外，本書中或有少許用作正音練習的文字，曾參考或改編自相關著作而未及注明出處，意非掠美，實因掛一漏萬，敬希見諒。在此，向所有原作者一併致謝。

編　者

1999. 2. 9.

緒論：普通話語音概說

普通話以北京語音為標準音。

一般來說，普通話的音節是由聲調、聲母、韻母這三大要素構成的。普通話的語音系統包括了基本音節，以及與此相關的變調、輕聲、兒化等內容。

普通話和廣州話的語音相比較，二者無論是在聲調，還是在聲母和韻母上的差別都相當大。所以，香港的普通話學習者正音的內容之一，是要基於普通話與廣州話的語音差異而進行相應的學習。

了解普通話的語音概要，是進行正音學習的前提。下面便按聲調、聲母、韻母這三個部份來加以簡要介紹。

一　普通話的聲調概說

普通話共有 4 個基本聲調，即陰平調（一聲）、陽平調（二聲）、上聲（三聲）、去聲（四聲）。每個聲調都有固定的調形。

調形（也稱“調值”或“調型”）一般是按“五度標記法”計出的。所謂“五度標記法”就是將人說話時的發音區（調域）從低到高分為五等分，最高為 5 度，最低為 1 度。所以普通話的 4 個基本聲調，可表示為下圖：

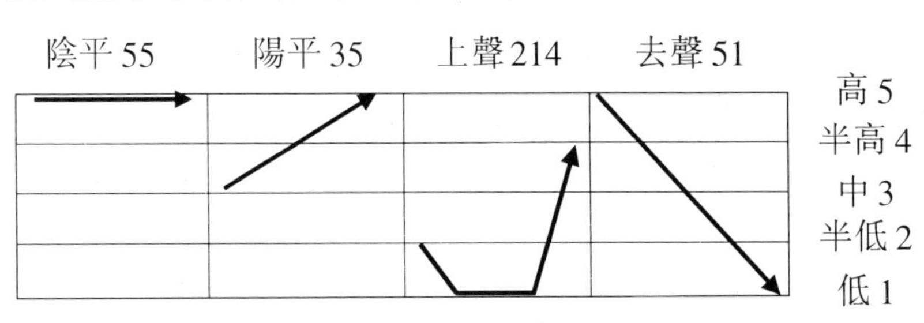

除了以上 4 個基本聲調以外，普通話中還有一個“輕聲”的聲調，發音特點是短促而略輕，調形不明顯，且在不同的詞語組合中，調形表現出不同的變化。

廣州話有 6 個舒聲調：陰平、陽平、陰上、陽上、陰去、陽去。另有 3 個促聲調：陰入、中入、陽入。廣州話的舒聲調與普通話的 4 個基本聲調有較明顯的對應關係。即，普通話陰平對廣州話陰平，普通話陽平對廣州話陽平，普通話上聲對廣州話陰上和陽上。但是，由於普通話中沒有入聲，所以，廣州話的 3 個促聲調的字就分別散在普通話的 4 個聲調之中，這就增加了普通話與廣州話在聲調對應方面的複雜性。

二　普通話聲母概説

如果不包括“半聲母”，普通話共有 21 個聲母：

b，p，m，f，d，t，n，l，g，k，h，j，q，x，zh，ch，sh，r，z，c，s 。

普通話還有“零聲母”，就是其音節沒有上述這些聲母。

普通話的聲母按發音部位可分為 3 類，即：唇音、舌尖音和舌面音。

（一）唇音，以下唇為主動器官。又分為 2 類：

1. 雙唇音，上下唇閉合構成阻礙。其聲母有：b，p，m。

2. 唇齒音，下唇靠近上齒構成阻礙。其聲母有：f。

（二）舌尖音，以舌尖為主動器官。又分為 3 類：

1. 舌尖前音（又稱“平舌音”），舌尖向上門齒背接觸或接近構成阻礙。其聲母有：z，c，s。

2. 舌尖中音，舌尖接觸上齒齦構成阻礙。其聲母有：d，t，n，l。

3. 舌尖後音（又稱“翹舌音”），舌尖向硬腭前端接觸或接近構成阻礙。其聲母有：zh，ch，sh，r。

（三）舌面音，以舌面為主動器官。可分為 2 類：

1. 舌面前音，舌面前部向硬腭前部接觸或接近構成阻礙。其聲母有：j，q，x 。

2. 舌面後音（又稱“舌根音”），舌根向硬腭和軟腭交界處接觸或接近構成阻礙。

其聲母有：g，k，h。

普通話聲母按發音方法，又可分為 5 種，即：塞音、鼻音、擦音、邊音、塞擦音。

1. 塞音，成阻時發音部位完全形成閉塞，除阻時受阻部位突然解除阻塞，使氣流爆破而出成聲。

塞音有：b，p，d，t，g，k。

2. 鼻音，口部發音部位（唇或舌）閉塞，封閉口腔通路，軟腭下垂，打開鼻腔通路，氣流到達口腔和鼻腔而由鼻腔透出成聲。

鼻音有：m，n。

3. 擦音，發音部位靠近，但留出適度間隙，氣流從間隙中磨擦而出成聲。

擦音有：f，h，x，sh，s，r。

4. 邊音，普通話只有一個舌尖中的邊音 l，發音時舌尖抵住上齒齦稍後的部位，使口腔中間通道阻塞，氣流從舌兩側泄出成聲。

5. 塞擦音，以"塞音"開始，以"擦音"結束，"塞"與"擦"的部位相同，連接緊密。

塞擦音有：j，q，zh，ch，z，c。

普通話聲母按照發音時氣流強弱和聲帶是否振動而又分為送氣音、不送氣音、清音和濁音 4 種。

1. 送氣音，發音時氣流衝出口腔時較強、較快而且較持久，氣流與聲門或發音器官的某狹窄部位形成少許磨擦。

送氣音有：p，t，k，q，ch，c。

2. 不送氣音，發音時氣流較弱、較短暫，與發音器官無磨擦。

不送氣音有：b，d，g，j，zh，z。

3. 清音，發音時聲帶不振動。

清音有：b，p，f，d，t，g，k，h，j，q，x，zh，ch，sh，z，c，s。

4. 濁音，發音時聲帶振動。

濁音有：m，n，l，r。

上述關於普通話聲母的介紹可用圖表顯示如下：

普通話聲母總表

聲母 ／ 發音方法 ／ 發音部位			清塞音		清塞擦音		擦音		鼻音	邊音
			不送氣音	送氣音	不送氣音	送氣音	清音	濁音	濁音	濁音
唇音	雙唇音	上唇 下唇	b〔p〕	p〔p‘〕					m〔m〕	
	唇齒音	上唇 下唇					f〔f〕			
舌尖中音		舌尖上齒齦	d〔t〕	t〔t‘〕					n〔n〕	l〔l〕
舌根音		舌根軟腭	g〔k〕	k〔k‘〕			h〔x〕			
舌面音		舌面前硬腭			j〔tɕ〕	q〔tɕ‘〕	x〔ɕ〕			
舌尖後音		舌尖硬腭前			zh〔tʂ〕	ch〔tʂ‘〕	sh〔ʂ〕	r〔ʐ〕		
舌尖前音		舌尖上齒背			z〔ts〕	c〔ts‘〕	s〔s〕			

廣州話有 19 個聲母，其中雖然大部份與普通話相同或接近，但是普通話與廣州話聲母的對應關係卻很複雜。換句話說，同一個字在普通話和廣州話中可能聲母完全不同，而且，大部份的普通話聲母都對應廣州話的數個聲母，反之也一樣，大部份的廣州話聲母也對應數個普通話的聲母，而不是一對一的關係。

三　普通話韻母概說

普通話共有 39 個韻母。可分為單韻母、複韻母和鼻韻母等三大類。

（一）單韻母（10 個）：

a，o，e，ê，i，u，ü，-i（前），-i（後），er。

-i（前）是舌尖前音 z，c，s 的韻母；-i（後）是舌尖後音 zh，ch，sh，r 的韻母。

（二）複韻母（13 個）：

ai，ei，ao，ou，ia，ie，ua，uo，üe，iao，iou，uai，uei。

（三）鼻韻母（16 個）：

an，en，in，ün，ang，ing，ong，ian，uan，eng，üan，uen，iang，uang，ueng，iong。

在普通話的 39 個韻母中，16 個鼻韻母的發音是由元音和鼻輔音構成，其他 23 個韻母都是由單元音或複合元音構成。在複合元音中又可分為"二合元音"（即有兩個元音，如：ai）和"三合元音"（即有 3 個元音，如：韻母 iao）兩種。

元音發音的特點在於：

1. 氣流在口腔中不受明顯阻礙（輔音受明顯阻礙）；
2. 氣流較弱（輔音氣流較強）；
3. 全部發音器官緊張（輔音只需局部發音器官用力和緊張）；
4. 聲音響亮、清晰（普通話輔音多是清音）。

元音發音主要是聲帶振動，音波受口腔形狀的影響而發出不同的元音。口腔的形狀是決定元音性質的主要關鍵，這裡取決於 3 個條件：

1. 舌位，有高、低、前、後的分別。如：發 i 音時舌位最高，而發 a 音時舌位最低；發 ü 音時舌位向前，發 u 音時舌位向後。

2. 口形，有開、合的不同。如：發 i，u，ü 這三個音時，口形趨於閉合；發"a"時，口形大開；而發"o，e，ê"等音時，口形半閉或半開。

3. 唇形，有圓、展之分。如：u，ü 是圓唇元音；i，e，o，a 等都是展唇元音。

下面是一幅元音圖，其中標出了普通話中的 a，o，e，ê，i，u，ü 這 7 個單元音的發音部位。在〔〕中的是國際音標，共列出 8 個主要的元音位置，供參考。不規則的四邊形表示舌面的活動範圍，左側為前，右側為後；直線表示舌位的前、央、後；橫線見出舌位的高、次高、次低和低（同時兼示口形閉、半閉、半開和開）；左側元音不圓唇，右側元音圓唇，圓唇的程度由上右角推向下左角。

單韻母發音部位圖

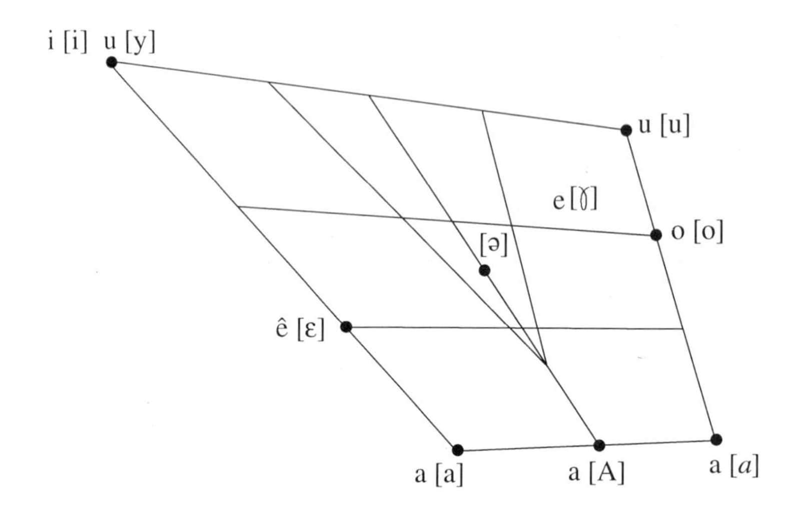

要注意的是，廣州話的韻母比普通話多 15 個，共 53 個。普通話和廣州話在韻母上的對應關係比在聲母上的對應關係更為複雜。特別是廣州話入聲字中還有 3 個塞音韻尾，有這些韻尾的字都分別歸到普通話的單韻母或複韻母中去了，由此造成了香港的普通話學習者的特殊困難。

單元一・普通話聲調正音

第一課　四聲的特點

本課正音重點:

- 普通話各聲調的發音特點;
- 分辨不同的聲調。

語音講解

普通話，以及包括粵語在內的漢語其他方言，都屬於聲調語言。

用普通話説話時，聲調起區別語義的作用。所以，如同在漢語其他方言中一樣，聲調在普通話語音中扮演極其重要的角色。以粵語為母語的人士，在學習普通話時，出現問題最多的是聲調錯誤。許多人常常因為聲調的錯誤過多，嚴重影響語音，導致無法用普通話與人溝通。所以，聲調的正確，應是以粵語為母語的普通話學習者，首先需要掌握的正音內容。

漢語每個獨立音節都有固定的聲調。

比如，“買”、“賣”這兩個字，它們的聲母、韻母都完全相同，但用普通話讀起來，其區別卻很大，意義也剛好相反。這是因為它們的語音有高低升降的不同。這種語音的高低升降就是這兩個音節的聲調。

聲調是能夠起辨義作用的音高和音長，它附在每一個音節上面。孤立來看的話，所有的漢語音節都有一個穩定的聲調，各類字典都會標明這個漢字的讀音和聲調。這種單字音節的聲調有兩個特點:

1. 它是單獨的字音的聲調。在發這個字音時，因為並不與其他字音相連，所以不受其他字音影響，它的聲調具有獨立性;

2. 它的發音是穩定的，聲調是平穩的，由於它尚沒有進入語流之中，沒有相鄰字音聲調或語調高低的干擾，它的聲調具有穩定性。

普通話聲調表

調　類	又　稱	調　號	特　點	調　形	例　字
陰平	第一聲	ˉ	高平調	55	高山天星
陽平	第二聲	ˊ	高升調	35	梅蘭竹菊
上聲	第三聲	ˇ	降升調	214	我你很好
去聲	第四聲	ˋ	全降調	51	放在地下

除了 4 種基本聲調之外，普通話中還有一種“輕聲”。按照漢語拼音方案的規定，輕聲不標調號。但是，為了表述清晰起見，本書對輕聲音節注音時，前面加圓點“·”（如：大意 dà · yi。語句中的輕聲音節注音，則不加圓點）。這是需要提醒讀者注意的。

粵語的聲調要比普通話複雜得多，共有 9 個基本調，但粵語的陰入、中入、陽入的調值分別與陰平、陰去、陽去（即：七聲、八聲、九聲）相似，因此，粵語的聲調有“九聲六調”的説法。

廣州話聲調表

調號	調　類	調　值	例　字
1	陰平、陰入	55 或 53，5	詩、呼、式
2	陰上	35	史、府
3	陰去、中入	33 或 3	試、意、錫
4	陽平	11 或 21	時、乎
5	陽上	13	市、婦
6	陽去、陽入	22 或 2	事、父、食

粵語的“陰平”、“陰去”、“陽去”這三調的調形是相同的，都是平調（陰平有時也可以唸成降調），只是高低不同。其中粵語陰平的聲調很接近普通話的陰平，但有時也可以唸降調。讀降調時就與普通話的陰平調不同了。粵語的陰上調類似於普通話陽平調。

■ 粵語人士最容易將普通話的聲調讀錯的表現

1. 將陰平(一聲)讀成降調，例如：

高速 gāosù，讀成 gàosù（音似“告訴”）。

接見 jiējiàn，讀成 jièjiàn（音似“借鑑”）。

2. 將去聲（四聲）讀成平調，例如：

再見 zàijiàn，讀成 zāijiàn（音似“栽建”）或 zāijiān（音似“栽尖”）。

照耀 zhàoyào，讀成 zhāoyào（音似“招藥”）或 zhāoyāo（音似“招妖”）。

3. 將上聲（三聲）讀成升調，例如：

美麗 měilì，讀成 méilì（音似“沒利”）。

訪問 fǎngwèn，讀成 fángwēn（音似“房溫”）。

產生這種錯誤的原因是受粵語聲調影響。因為廣州話的聲調沒有類似普通話的上聲、去聲，廣州話的高平調一聲，常常又可讀成降調，所以很多人便把普通話的陰平調一聲讀成降調；由於粵語沒有上聲三聲的那種曲折型調，而聽到普通話的上聲時，最容易受到上聲調後升部份的影響，而只讀出升調來。

■ 普通話 4 個聲調練習方法

按照“陰陽上去”這四個聲調的順序，反復讀出同一個音節的 4 個聲調；按逆順序反復讀出同一個音節的 4 個聲調；再反復讀出同一個音節的任意聲調。

按聲調符號練習不同音節的讀音。

正音練習 

【單音節】

八 bā	拔 bá	把 bǎ	爸 bà	坡 pō	婆 pó	叵 pǒ	破 pò
哥 gē	格 gé	葛 gě	個 gè	梯 tī	提 tí	體 tǐ	替 tì
乎 hū	胡 hú	虎 hǔ	户 hù	淤 yū	魚 yú	雨 yǔ	育yù

【多音節】

陰陽上去 yīn yáng shǎng qù

身強體壯 shēn qiáng tǐ zhuàng

光明磊落 guāngmíng lěiluò

中華偉大 Zhōnghuá wěidà

字裡行間 zì lǐ háng jiān

熱火朝天 rè huǒ cháo tiān

弄巧成拙 nòng qiǎo chéng zhuō

明目張膽 míng mù zhāng dǎn

老氣橫秋 lǎo qì héng qiū

風調雨順 fēng tiáo yǔ shùn

堅持努力 jiānchí nǔlì

萬古流芳 wàngǔ liúfāng

妙手回春 miào shǒu huí chūn

救死扶傷 jiù sǐ fú shāng

語重心長 yǔ zhòng xīn cháng

萬紫千紅 wàn zǐ qiān hóng

辨音練習 

【辨讀】

世界 shìjiè —— 時節 shíjié

夫妻 fūqī —— 服氣 fúqì

達到 dádào —— 大道 dàdào

印象 yìnxiàng —— 音響 yīnxiǎng

經理 jīnglǐ —— 經歷 jīnglì

過失 guòshī —— 果實 guǒshí

有用 yǒuyòng —— 游泳 yóuyǒng

時間 shíjiān —— 事件 shìjiàn

收支 shōuzhī —— 手指 shǒuzhǐ

會議 huìyì —— 回憶 huíyì

【辨聽】（請根據錄音，給下列詞語標上正確的聲調符號。）

八十 bashi　五四 Wu-Si　發達 fada　春天 chuntian　字典 zidian

電腦 diannao　古文 guwen　節約 jieyue　克服 kefu　直接 zhijie

木已成舟 mu yi cheng zhou　良師益友 liangshi yiyou

得心應手 de xin ying shou　同甘共苦 tong gan gong ku

為非作歹 wei fei zuo dai　科學知識 kexue zhishi

朗讀練習

Yǔyán
語 言

Quán shìjiè gòng yǒu wǔqiān liùbǎi wǔshíyī zhǒng yǔyán. Qízhōng yǒu yīqiān
全 世界 共 有 五千 六百 五十一 種 語言。其 中 有 一千
sìbǎi zhǒng hái méiyǒu bèi chéngrèn shì dúlì de. Lìrú, yǒu liǎngbǎi wǔshí zhǒng
四百 種 還 沒 有 被 承 認 是 獨立 的。例如，有 兩 百 五十 種
Àodàlìyàyǔ jǐn bèi sìwàn rén shǐyòng, Běiměi jiǔshí wàn Yìndì'ānrén shǐyòngzhe
澳大利亞語 僅 被 四萬 人 使 用，北 美 九十 萬 印第安人 使 用 着
yībǎi qīshí zhǒng yǔyán.
一百 七十 種 語言。

Zài yǐ bèi chéngrèn wéi dúlì yǔyán de sìqiān liǎngbǎi zhǒng yǔyán zhōng,
在 已 被 承 認 為 獨立 語言 的 四千 兩 百 種 語言 中，
zhǐyǒu sìfēnzhī yī yǒu wénzì.
只有 四分之一 有 文字。

Hànyǔ shì shìjièshang shǐyòng de rén zuì duō de yǔyán, zhàn shìjiè rénkǒu
漢 語 是 世 界 上 使 用 的 人 最 多 的 語 言，佔 世界 人口
de sìfēnzhī yī.
的 四分 之 一。

Xīn Jìyuán
新 紀 元

Yījiǔ jiǔqī nián qī yuè yī rì língchén, Dǒng Jiànhuá xiānsheng zài Xiānggǎng
一九 九七 年 七 月 一 日 淩 晨，董 建 華 先 生 在 香 港
Tèbié Xíngzhèngqū xíngzhèng zhǎngguān de jiù zhí yuǎnjiǎng zhōng, wúbǐ jīdòng
特別 行 政 區 行 政 長 官 的 就 職 演 講 中，無比 激動

de shuō: Zhè shì yī gè chónggāo ér zhuāngyán de shíkè, ‘Xiānggǎng, jīnglìle yī
地 說： 這 是 一 個 崇 高 而 莊 嚴 的 時刻，“香 港，經歷了一
bǎi wǔshíliù nián de mànmàn cháng lù, zhōngyú chóngxīn kuàjìn zǔguó wēnnuǎn
百 五十六 年 的 漫 漫 長 路，終 於 重 新 跨進 祖國 温 暖
de jiāmén. Wǒmen zài zhèli yòng zìjǐ de yǔyuán xiàng quán shìjiè xuāngào:
的 家門。我 們 在 這裏 用 自己的 語言 向 全 世界 宣 告：
Xiānggǎng jìnrù lìshǐ de xīn jìyuán.’
香 港 進入 歷史 的 新 紀 元。”

辨聽答案

八十 bāshí　五四 Wǔ-Sì　發達 fādá　春天 chūntiān　字典 zìdiǎn
電腦 diànnǎo　古文 gǔwén　節約 jiéyuē　克服 kèfú　直接 zhíjiē
木已成舟 mù yǐ chéng zhōu　良師益友 liángshī yìyǒu
得心應手 dé xīn yìng shǒu　同甘共苦 tóng gān gòng kǔ
為非作歹 wéi fēi zuò dǎi　科學知識 kēxué zhīshi

第二課　陰平與去聲

本課正音重點：

- ■ 陰平調的正確發音；
- ■ 去聲調的正確發音；
- ■ 陰平調與去聲調的分辨。

語音講解

普通話的陰平調（一聲）的特點是高、平。

■ 以廣州話為母語的人士在陰平調上最容易出現的錯誤

1. 調形不夠平：

把陰平調變成了降調，調形呈曲線下降趨勢，不是 55，而類似 533 或 544，成了一種半平半降調。

2. 調值不夠高：

把陰平調變成與粵語的三聲或六聲差不多的聲調，雖然是平調，但音值太低，不是 55，而是 33，或 11。

■ 陰平調練習方法

1. 盡量把陰平調的音節拖長來讀。如果試着可以繼續把這個音節拖長下去，才是說了平調；

2. 把調值提高，與粵語中的陰平調（一聲）一樣高，要在 55 度上。如，粵語的“詩”是陰平調，普通話也是陰平調，調值要一樣高（其聲調一致，但聲韻則不同。注意，粵語的陰平調，香港人一般都讀成高平調，但廣州人卻常常讀成高降，就與普通話的陰平調不同了）；另如，粵語中的“瓜”，與普通話陰平調的“瓜”在調值上也是一致的。

普通話去聲（四聲）的特點是高降，調值由最高的 5 度降到最低的 1 度。粵語人士説普通話去聲，最容易出現的錯誤是調值降不下來，與陰平調説成同樣的半平半降調，類似 533 或 544 的調值；也有時出現將高降説成低降的錯誤，即調值不是 51，而類似 41 或 31。

廣州話中的沒有普通話的高降調，而陰平調又可説成降調，這就形成以廣州話為母語的人士對高平與高降調在聽感上沒有明顯區別的習慣。

■ 去聲調練習方法

1. 練習説好陰平調，分辨平調與降調的特徵；

2. 要注意，發去聲高降調時，要由 5 度一直降到 1 度，也就是要降到最低，而且當感到發出的聲音，是不能夠持續進行下去的，才是去聲；如能夠拖長發音，便不是去聲。

正音練習 

【單音節】

※ 陰平

一 yī　三 sān　七 qī　八 bā　千 qiān　天 tiān　山 shān

聽 tīng　説 shuō　吃 chī　喝 hē　工 gōng　出 chū　發 fā

※ 去聲

這 zhè　那 nà　是 shì　到 dào　去 qù　上 shàng　下 xià

看 kàn　坐 zuò　站 zhàn　對 duì　錯 cuò　快 kuài　慢 màn

【雙音節】

※ 陰——陰

發生 fāshēng　詩歌 shīgē　鮮花 xiānhuā　波濤 bōtāo

應該 yīnggāi　　秋天 qiūtiān　　珍惜 zhēnxī　　青春 qīngchūn
威風 wēifēng　　拋開 pāokāi

※ 去——去

熱愛 rè'ài　　倡議 chàngyì　　建設 jiànshè　　慶祝 qìngzhù
半價 bànjià　　炮彈 pàodàn　　夏季 xiàjì　　四處 sìchù
介紹 jièshào　　破壞 pòhuài

※ 去——陰

運輸 yùnshū　　教師 jiàoshī　　自卑 zìbēi　　互相 hùxiāng
用功 yònggōng　　夜間 yèjiān　　上班 shàngbān　　耐心 nàixīn
秘書 mìshū　　錄音 lùyīn

※ 陰——去

拍照 pāizhào　　激烈 jīliè　　桌面 zhuōmiàn　　金幣 jīnbì
機會 jīhuì　　刀片 dāopiàn　　登記 dēngjì　　幫助 bāngzhù
希望 xīwàng　　需要 xūyào

【陰平、去聲混合多音節詞組】

四面八方 sì miàn bā fāng　　鮮花盛開 xiānhuā shèngkāi
認真聽課 rènzhēn tīng kè　　親自締造 qīnzì dìzào
大家幸運 dàjiā xìngyùn　　天天進步 tiān tiān jìn bù
澳大利亞 Àodàlìyà　　勝利在望 shènglì zàiwàng
寂寞度日 jìmò dù rì

辨音練習 

【辨讀】

※ 單音節

衣 yī —— 意 yì　　屋 wū —— 悟 wù　　哥 gē —— 個 gè
該 gāi —— 蓋 gài　　安 ān —— 案 àn　　包 bāo —— 抱 bào
東 dōng —— 凍 dòng　　江 jiāng —— 醬 jiàng

※ 雙音節

再見 zàijiàn —— 災見 zāijiàn　　溜冰 liūbīng —— 六兵 liùbīng

公正 gōngzhèng —— 供證 gòngzhèng　　希望 xīwàng —— 戲旺 xìwàng

收穫 shōuhuò —— 售貨 shòuhuò　　微笑 wēixiào —— 未銷 wèixiāo

鴿子 gē · zi —— 個子 gè · zi　　時機 shíjī —— 實際 shíjì

【辨聽】（請根據錄音，給下列詞語標上正確的聲調符號。）

香蕉 xiangjiao —— 橡膠 xiangjiao　　珍珠 zhenzhu —— 震住 zhenzhu

信心 xinxin —— 新信 xinxin　　書目 shumu —— 樹木 shumu

攻擊 gongji —— 功績 gongji　　生產 shengchan —— 盛產 shengchan

破爛不堪 polan bukan　　干涉現象 ganshe xianxiang

利益衝突 liyi chongtu　　心心相印 xin xin xiang yin

歌聲動聽 gesheng dongting　　漢字拼音 Hanzi pinyin

朗讀練習 

Kēshuì
瞌睡

Cóngqián, zài yī gè sīshúli, xuéshengmen zhèngzài tīng lǎoxiānsheng jiǎng
從前，在一個私塾裡，學生們正在聽老先生講
kè. Yīhuìr, yǒu liǎng ge xuésheng kàozài zhuōshang shuìzháo le.
課。一會兒，有兩個學生靠在桌上睡着了。

'Pā!' lǎoxiānsheng yī jièchǐ dǎ xǐngle nà ge chuānde pòpolànlàn de
"啪！"老先生一戒尺打醒了那個穿得破破爛爛的
xuésheng, shuō: 'Nǐ yī mōdào shū, jiù shuìzháole. Nǐ kàn tā,' lǎoxiānsheng
學生，說："你一摸到書，就睡着了。你看他，"老先生
zhǐzhǐ pángbiān nà ge chuāndài kuòqi de xuésheng shuō: 'shuìzháole, dōu hái
指指旁邊那個穿戴闊氣的學生說："睡着了，都還
názhe shū ne!'
拿着書呢！"

Yǒu Rén Huì Ái Zòu
有 人 會 挨揍

Yī dà zǎo, Ā Huī jíjibābā láidào xuéxiào, zhǎodào bānzhǔrèn, fēicháng
一 大 早, 阿 輝 急急巴巴 來 到 學 校, 找 到 班 主 任, 非 常
jǐnzhāng de huánshìle yī xià zhōuwéi, dǎnqiè de jiàole yī shēng: 'Liáng lǎoshī,
緊 張 地 環 視 了 一 下 周 圍, 膽 怯 地 叫 了 一 聲 :"梁 老 師,
nín zǎo!'
您 早!"

Liáng lǎoshī mò míng qí miào de kànzhe shéntài yìcháng de Ā Huī, wèndào:
梁 老 師 莫 名 其 妙 地 看着 神 態 異 常 的 阿 輝, 問道:
'Yǒu shénme shì ma?'
"有 甚 麼 事 嗎?"

Ā Huī dūnongzhe: 'Yǒu jiàn shì wǒ xiǎng gàosu nín, dàn wǒ pà nín tīngle yào
阿 輝 嘟 噥 着: "有 件 事 我 想 告訴 您, 但 我 怕 您 聽 了 要
hàipà!'
害 怕!"

Liáng lǎoshī shuō: 'Bùyàojǐn, nǐ shuō ba!'
梁 老師 說: "不要緊, 你 說 吧!"

Ā Huī chuǎnle kǒu qì, dī shēng shuōdào: 'Zuótiān wǎnshang wǒ bàba yǐjing
阿 輝 喘 了 口 氣, 低 聲 說 道: "昨 天 晚 上 我 爸爸 已經
shuō le, zhè cì qīmò kǎoshì, rúguǒ wǒ háishì bù jígé de huà, yǒu gè rén yīdìng huì
說 了, 這 次 期末 考 試, 如 果 我 還 是 不 及格的 話, 有 個 人 一 定 會
ái zòu de!'
挨 揍 的!"

辨聽答案

香蕉 xiāngjiāo —— 橡膠 xiàngjiāo　　珍珠 zhēnzhū —— 震住 zhènzhù

信心 xìnxīn —— 新信 xīnxìn

攻擊 gōngjī —— 功績 gōngjì

破爛不堪 pòlàn bùkān

利益衝突 lìyì chōngtū

歌聲動聽 gēshēng dòngtīng

書目 shūmù —— 樹木 shùmù

生產 shēngchǎn —— 盛產 shèngchǎn

干涉現象 gānshè xiànxiàng

心心相印 xīn xīn xiāng yìn

漢字拼音 hànzì pīnyīn

第三課　陽平與上聲

本課正音重點：

- **陽平調的正確發音；**
- **上聲調的正確發音；**
- **陽平調與上聲調的分辨。**

語音講解

普通話的陽平調（二聲）的特點是升調。粵語中的陰上（二聲）與普通話的陽平調值近似，故粵語人士在發這個聲調時，錯誤較少。但有些字在普通話中讀陽平調，但在粵語中並不讀陰上；有些在粵語中讀陰上，在普通話中並不讀陽平。這是有些人士經常容易弄錯的。

普通話的上聲（三聲）的特點是起點很低，先降後升，是個曲折調。由於粵語的 9 個聲調中沒有類似的聲調，所以普通話的上聲成為粵語人士發聲的難點之一。

普通話的上聲常被粵語人士讀成類似陽平調，也就是只注重讀上聲的後半部份，而這一部份恰恰並非是上聲的特徵。上聲音節在大多數情況下讀的是變調。在變調中，大多數情況下讀的是前半上聲，即低降調。

■ 上聲練習方法

關鍵是要學會發前半上聲。前半上聲是普通話聲調中，調值最低的。所以，首先要從前半上聲練習，注意其調值特別低的特點。這個調值類似粵語的第四聲，如：粵語的“如”、“勞”等字的聲調與普通話的“汝”、“老”的前半上聲相近。

正音練習 

【單音節】

※ 陽平

來 lái	長 cháng	完 wán	得 dé	甜 tián	陽 yáng
王 wáng	田 tián	河 hé	皇 huáng	才 cái	談 tán

※ 上聲

走 zǒu	跑 pǎo	打 dǎ	趕 gǎn	擺 bǎi	苦 kǔ
水 shuǐ	火 huǒ	草 cǎo	鳥 niǎo	雨 yǔ	雪 xuě

【雙音節】

※ 陽 —— 陽

合格 hégé	結局 jiéjú	覺察 juéchá	國籍 guójí
潔白 jiébái	人民 rénmín	成年 chéngnián	屯門 Túnmén
羅湖 Luóhú	學習 xuéxí		

※ 上 —— 上

老虎 lǎohǔ	北角 Běijiǎo	打靶 dǎbǎ	演講 yǎnjiǎng
本領 běnlǐng	語法 yǔfǎ	減少 jiǎn shǎo	舉止 jǔzhǐ
舞蹈 wǔdǎo	展覽 zhǎnlǎn		

※ 陽 —— 上

粉嶺 Fénlǐng	元朗 Yuánlǎng	離島 Lídǎo	男女 nánnǚ
球場 qiúchǎng	晴朗 qínglǎng	圍攏 wéilǒng	完整 wánzhěng
持久 chíjiǔ	產品 chǎnpǐn		

※ 上 —— 陽

美孚 Měifú	九龍 Jiǔlóng	彩虹 cǎihóng	奶牛 nǎiniú
體裁 tǐcái	鐵蹄 tiětí	版圖 bǎntú	錦旗 jǐnqí
保持 bǎochí	法國 Fǎguó		

【陽平、上聲混合多音節】

搖擺難停 yáo bǎi nán tíng　　前途無比 qiántú wúbǐ
跑馬賭博 pǎo mǎ dǔbó　　蒙古草原 Měnggǔcǎoyuán
成果喜人 chéngguǒ xǐ rén　　滿盆石竹 mǎn pén shízhú
回流人員 huí liú rényuán　　勇猛直闖 yǒngměng zhí chuǎng
拂曉黎明 fúxiǎo límíng　　黃泥白雪 huáng ní bái xuě

辨音練習 

【辨讀】

黎 lí —— 李 lǐ　　盧 lú —— 魯 lǔ
劉 liú —— 柳 liǔ　　吳 wú —— 伍 wǔ
城牆 chéngqiáng —— 逞強 chěngqiáng　　語文 yǔwén —— 魚紋 yúwén
敵台 dítái —— 抵台 dǐtái　　賭博 dǔbó —— 毒缽 dúbō
煩言 fányán —— 反顏 fǎnyán　　梁伯 Liángbó —— 兩伯 liǎngbó
情人 qíngrén —— 請人 qǐngrén　　逃險 táoxiǎn —— 討嫌 tǎoxián

【辨聽】（請根據錄音，給下列各詞語標上正確的聲調符號。）

沒有 meiyou —— 煤油 meiyou　　南韓 Nanhan —— 難喊 nan han
園藝 yuanyi —— 願意 yuanyi　　六條 liu tiao —— 柳條 liutiao
哪來 na lai —— 拿來 na lai　　皮老 pi lao —— 疲勞 pilao
模倣 mofang —— 磨坊 mofang　　紅蓮 honglian —— 紅臉 hong lian
好帶 hao dai —— 好歹 haodai　　如果 ruguo —— 辱國 ru guo
隔膜 gemo　　滑雪 huaxue　　竭誠 jiecheng
美聯 meilian　　詞典 cidian　　輔導 fudao
敢想敢為 gan xiang gan wei　　簡單純樸 jiandan chunpu

朗讀練習

Shuō 'Tǔ' Dào 'Yáng'

說"土"道"洋"

Tǔ hé yáng shì yī duì máodùn.
土 和 洋 是 一 對 矛 盾。

Suǒwèi 'tǔ' zhě, yībān zhǐ Zhōngguórén zìjǐ de 'chǎnpǐn', bāokuò shèbèi, wùchǎn yǐjí rén, děngděng.
所 謂 "土" 者, 一般 指 中 國 人 自己 的 "產品", 包 括 設 備、物 產 以及人, 等 等。

Suǒwèi 'yáng' zhě, zé zhǐ wàiguó de, wàilái de dōngxi.
所 謂 "洋" 者, 則 指 外 國 的、外來 的 東 西。

Rènwéi yáng bǐ tǔ hǎo, dà yǒu rén zài. Lìrú, yánghuò bǐ tǔhuò hǎo, yángzhuānjiā bǐ tǔzhuānjiā hǎo, yángbóshì bǐ tǔbóshì hǎo...... yúshì, míngmíng shì tǔchǎnpǐn, yě tiēshang yángbiāoqiān, lìjí shēnjià bǎi bèi, chàngxiāo rèmén, chéngle qiǎngshǒuhuò. Kěshì, ruò yǒu rén hǎn tā yī shēng 'yángnú', tā yīdìng qì de qī qiào shēng yān.
認 為 洋 比 土 好, 大 有 人 在。例如, 洋 貨 比 土 貨 好, 洋 專 家 比 土 專 家 好, 洋 博 士 比 土 博士 好……於 是, 明 明 是 土 產 品, 也 貼 上 洋 標 籤, 立即 身 價 百 倍, 暢 銷 熱門, 成 了 搶 手 貨。 可是, 若 有 人 喊 他一 聲 "洋奴", 他 一定 氣 得 七 竅 生 煙。

Dāngrán yě yǒu rén duì fán dài 'yáng' zì de dōu shēn wù tòng jué, tǔ kǒushuǐ hěnhěn màshang yī jù 'gǔndàn!' Qízhōng háiyǒu bùshǎo zài gōngzhòng chǎnghé dà shēng tíchàng tǔhuò páichì yánghuò, dàn jiāzhōng shēnshang què
當 然 也 有 人 對 凡 帶 "洋"字 的 都 深 惡 痛 絕, 吐 口 水 狠 狠 罵 上 一句 "滾 蛋!" 其 中 還 有 不 少 在 公 眾 場 合 大 聲 提 倡 土 貨 排斥 洋 貨, 但 家 中 身 上 卻

yòu bù fá yánghuò de rén ne!
又 不 乏 洋 貨 的 人 呢！

Qǐng wèn, nǐ de 'tǔ' 'yáng' guān rúhé ne?
請 問，你 的"土""洋" 觀 如何 呢？

Ràng Lù
讓 路

Gēdé shì Déguó shíbā dào shíjiǔ shìjì de wěidà shīrén. Yī tiān, tā zài Wèimǎ
歌德 是 德國 十八 到 十九 世紀的 偉大 詩人。一 天，他 在 魏瑪
Gōngyuán li sànbù, zài yī tiáo zhǐnéng tōngguò yī gè rén de xiǎodào shàng, yíng
公園 裡散 步，在一 條 只能 通過 一個 人 的 小 道 上，迎
miàn yùjiàn duì tā de zuòpǐn tíguò jiānruì de, dàiyǒu wākǔ xìngzhì de zhǐzé de
面 遇見 對 他 的 作 品 提 過 尖 銳 的，帶 有 挖 苦 性 質 的 指責 的
pīpíngjiā. Liǎng rén miàn duì miàn zhànzhe. Nèi wèi pīpíngjiā àomàn de gāo hǎn
批 評 家。兩 人 面 對 面 站 着。那 位 批 評 家 傲 慢 地 高 喊
dào: 'Wǒ cónglái bù gěi shǎzi ràng lù!'
道："我 從 來 不 給 傻 子 讓 路！"

'Ér wǒ gānghǎo xiāngfǎn!' Gēdé yī biān shuō, yī biān mǎn miàn xiàoróng
"而 我 剛 好 相 反！"歌德 一 邊 說，一 邊 滿 面 笑 容
de ràng zài yī páng.
地 讓 在一 旁。

辨聽答案

沒有 méiyǒu —— 煤油 méiyóu
園藝 yuányì —— 願意 yuànyì
哪來 nǎ lái —— 拿來 ná lái
模倣 mófǎng —— 磨坊 mòfáng
好帶 hǎo dài —— 好歹 hǎodǎi
南韓 Nánhán —— 難喊 nán hǎn
六條 liù tiáo —— 柳條 liǔtiáo
皮老 pí lǎo —— 疲勞 píláo
紅蓮 hónglián —— 紅臉 hóng liǎn
如果 rúguǒ —— 辱國 rǔ guó

隔膜 gémó	滑雪 huáxuě	竭誠 jiéchéng
美聯 měilián	詞典 cídiǎn	輔導 fǔdǎo
敢想敢為 gǎn xiǎng gǎn wéi		簡單純樸 jiǎndān chúnpǔ

第四課　上聲變調

本課正音重點：

■ 上聲變調的發音；
■ 上聲變調的應用。

語音講解

上聲調的調值為 214，是曲折調。在普通話語音的 4 個聲調中，它的調形最複雜，而且發音時間最長，形成了上聲音節在說話過程中與其他音節的不協調現象。這就導致了人們在語流中，自然要將上聲的發音加以改變，變成與其本調略有不同的聲調。這就是上聲變調發生的原因。

■ 上聲變調主要有兩種形式

1. 前半上聲，調值為 211。

2. 後半上聲，調值為 24；也可稱作變為陽平調，但後半上聲要比真正的陽平調略低 1 度。

■ 上聲變調發生的情況

1. 單音節及雙音節詞

(1) 變讀前半上聲——非重讀的上聲單音節；與非上聲音節組成的雙音節。

例如：“握一下手”，“手”非重讀，應變調為前半上聲；“鐵路”，“路”為非上聲音節，“鐵”要讀前半上。

(2) 變讀後半上聲——後續為上聲音節，前一個上聲音節變讀為後半上聲。

例如："港島"，兩音節均為上聲，"港"要變讀為後半上聲；"廣場"，兩音節均為上聲，"廣"要變讀為後半上聲。

2. 三個或多個上聲相連的詞或詞組

根據語法結構，將音節分為關係緊密的相對獨立的詞組，再按照上述變調發生情況作變讀，例如：

"選舉法"，"選舉"為一結合密切的詞，故可作一個雙音節詞來看待，"選"應變讀為後半上，但"舉"由於後續也為上聲音節，故也要變讀為後半上，"法"可讀本調。

"小拇指"，"拇指"為一結合密切的詞，故可作一個雙音節詞來看待，"拇"變讀作後半上，"指"讀本調。由於"小"後續之音節"拇"要讀作後半上聲，故"小"便變讀為前半上。

其他情況類推。

粵語人士習慣於把上聲讀成後半上 (陽平)，而難把握前半上的發音，應格外留意上聲的正確發音及變調。

粵語人士習慣於把上聲讀成後半上 (陽平)，而難把握前半上的發音，應格外留意上聲的正確發音及變調。

正音練習 

【上 —— 陽】

主持 zhǔchí　往來 wǎnglái　典型 diǎnxíng　選擇 xuǎnzé

【上 —— 去】

美麗 měilì　許願 xǔyuàn　訪問 fǎngwèn　寶貴 bǎoguì

考驗 kǎoyàn　感謝 gǎnxiè　渴望 kěwàng　晚會 wǎnhuì

水庫 shuǐkù　妥善 tuǒshàn

【上 — 上】

許可 xǔkě	講演 jiǎngyǎn	舞蹈 wǔdǎo	管理 guǎnlǐ
彼此 bǐcǐ	了解 liǎojiě	友好 yǒuhǎo	洗臉 xǐliǎn
影響 yǐngxiǎng	引導 yǐndǎo	早晚 zǎowǎn	舉止 jǔzhǐ
粉筆 fěnbǐ	所以 suǒyǐ	膽敢 dǎngǎn	水果 shuǐguǒ
飽滿 bǎomǎn	冷飲 lěngyǐn	穩妥 wěntuǒ	鐵板 tiěbǎn

辨音練習 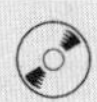

【辨讀】

保險 bǎoxiǎn —— 包鮮 bāoxiān	紡織 fǎngzhī —— 房值 fángzhí
理睬 lǐcǎi —— 理財 lǐcái	藍妹 lánmèi —— 懶妹 lǎnmèi
駕駛 jiàshǐ —— 價實 jiàshí	古典 gǔdiǎn —— 古店 gǔdiàn
水源 shuǐyuán —— 誰願 shuíyuàn*	老師 lǎoshī —— 勞師 láoshī

【辨聽】（請根據錄音，給下列詞語標上正確的聲調符號。）

廠房 changfang —— 長方 changfang	古人 guren —— 故人 guren
請教 qingjiao —— 清教 qingjiao	打靶 daba —— 大把 daba
鐵剪 tiejian —— 鐵尖 tiejian	鼓動 gudong —— 古董 gudong
管理 guanli —— 慣例 guanli	囑言 zhuyan —— 主演 zhuyan

---

* shuí　係 shéi（誰）的又音。—— 本書責任編輯注

朗讀練習

Zuǒ Lín Yòu Shè
左 鄰 右 舍

Yǒu gè fùwēng, zuǒ lín shì tiějiang, yòu lín shì tóngjiang, zhěng tiān
有 個 富 翁，左 鄰 是 鐵 匠， 右 鄰 是 銅 匠， 整 天
dīngdīng-dōngdōng, chǎo de tā méi fǎ ānjìng. Fùwēng biàn zhǔnbèile yī zhuō
叮 叮 咚 咚， 吵 得 他 沒 法 安 靜。富 翁 便 準 備 了 一 桌
jiǔxí, bǎ tiějiang hé tóngjiang qǐnglái hē jiǔ. Jiǔ zú fàn bǎo shí, fùwēng tíchū jiào
酒席，把 鐵 匠 和 銅 匠 請 來 喝 酒。酒 足 飯 飽 時，富 翁 提出 叫
tāmen bān jiā, zuǒ yòu línjū dōu diǎn tóu dāying le. Guòle jǐ tiān, liǎng jiā dōu
他 們 搬 家，左 右 鄰居 都 點 頭 答應 了。過 了 幾 天， 兩 家 都
bān le, kěshì yòu zhàoyàng chuánchūle xiǎngshēng. Fùwēng gǎndao tāmen
搬 了，可是 又 照 樣 傳 出 了 響 聲。 富 翁 趕 到 他 們
zhùchù yī kàn, yuánlái shì zuǒbian de bāndàole yòubian, yòubian de bāndàole
住 處 一 看， 原 來 是 左 邊 的 搬 到 了 右 邊， 右 邊 的 搬 到 了
zuǒbian.
左 邊。

Tiān Jìng Shā (Yuán Qǔ)
天 淨 沙 (元 曲)

Cháng tú yě cǎo hán shā,
長 途 野 草 寒 沙，
Xī yáng yuǎn shuǐ cán xiá,
夕 陽 遠 水 殘 霞，
Shuāi liǔ huáng huā shòu mǎ.
衰 柳 黃 花 瘦 馬。

Xiū tí bié huà,
休 題 別 話，
Jīn xiāo sù zài shuí jiā.
今 宵 宿 在 誰 家。

辨聽答案

廠房 chǎngfáng —— 長方 chángfāng
請教 qǐngjiào —— 清教 qīngjiào
鐵剪 tiějiǎn —— 鐵尖 tiějiān
管理 guǎnlǐ —— 慣例 guànlì
古人 gǔrén —— 故人 gùrén
打靶 dǎbǎ —— 大把 dàbǎ
鼓動 gǔdòng —— 古董 gǔdǒng
囑言 zhǔyán —— 主演 zhǔyǎn

第五課　“一”、“不”的變調

本課正音重點：

■ “一”在不同詞語組合中的聲調變化；
■ “不”在不同詞語組合中的聲調變化。

語音講解

■ “一”的本調為陰平調，但它在不同情況下可讀為不同的聲調。

1. 單用、序數或在詞語末尾時，讀本調陰平。

如，以下各詞語中的“一”，均發 yī 音：

一、二、三　　第一　　統一　　萬一　　三七二十一

2. 雙音節詞中，在去聲音節前，變調為陽平。

如，以下各詞語中的“一”，均發 yí 音：

一定　　一個　　一面　　一致　　一套

3. 雙音節詞中，在陰平、陽平及上聲音節前，變調為去聲，即，後音節非去聲，“一”讀作去聲。

如，以下各詞語中的“一”，均發 yì 音：

一張　　一顆　　一條　　一種　　一雙

4. 在重疊動詞中間及三音節詞的中間讀作輕聲。

如，以下各詞語中的“一”，均發 yi 音：

試一試　　想一想　　讀一遍　　吃一口　　說一聲

■ “不”的本調為去聲，但它在不同情況下，會出現變調現象。

1. 在單用及處於詞尾時讀本調去聲。

如，以下各句中的“不”，均發 bù 音：

“不，我不懂。”

“不，他不走。”

“要不，我去吧。”

2. 在雙音節詞中，後音節為陰平、陽平、上聲時，讀本調去聲，即，後音節非去聲，“不”要讀去聲。

如，以下各詞語中的“不”，均發 bù 音：

不多　　不知　　不忙　　不好　　不少

3. 在雙音節詞中，後音節為去聲，變調讀為陽平，即，後音節為去聲，“不”要變讀為陽平。

如，以下各詞語中的“不”，均發 bú 音：

不大　　不做　　不站　　不到　　不算

4. 在重疊動詞中間及三音節詞中間，變調讀作輕聲。

如，以下各詞語中的“不”，均發輕聲 bu 音：

信不信　　了不起　　長不大　　聽不到　　來不及

正音練習

1. “一”的練習

【讀本調】

一 yī　　一二一 yī'èryī　　三千一 sānqiānyī

第一 dìyī　　萬一 wànyī　　唯一 wéiyī

一一查詢 yī yī chá xún　　始終如一 shǐ zhōng rú yī

百裡挑一 bǎi lǐ tiāo yī　　不一而足 bù yī ér zú

【讀去聲】

※ 陰平前

一般 yìbān　　一邊 yìbiān　　一身 yìshēn　　一天 yìtiān　　一些 yìxiē

※ 陽平前

一頭 yìtóu　一時 yìshí　一同 yìtóng　一行 yìxíng　一連 yìlián

※ 上聲前

一口 yìkǒu　一早 yìzǎo　一手 yìshǒu　一體 yìtǐ　一起 yìqǐ

【讀陽平】

一面 yímiàn　一路 yílù　一看 yíkàn　一下 yíxià　一旦 yídàn

一刻 yíkè　一致 yízhì　一向 yíxiàng　一道 yídào　一半 yíbàn

【讀輕聲】

學一學 xué · yi xué　拍一拍 pāi · yi pāi　問一下 wèn · yi xià

輕一點 qīng · yi diǎn　要一個 yào · yi gè　讀一遍 dú · yi biàn

2. "不" 的練習

【讀本調】

※ 陰平前

不安 bù'ān　不單 bùdān　不堪 bùkān　不知 bùzhī　不通 bùtōng

※ 陽平前

不和 bùhé　不然 bùrán　不妨 bùfáng　不平 bùpíng　不來 bùlái

※ 上聲前

不想 bùxiǎng　不免 bùmiǎn　不管 bùguǎn　不滿 bùmǎn　不早 bùzǎo

【讀陽平】

不必 búbì　不斷 búduàn　不幹 búgàn　不是 búshì　不但 búdàn

不快 búkuài　不看 búkàn　不見 bújiàn　不願 búyuàn　不樂 búlè

【讀輕聲】

看不見 kàn · bu jiàn　對不起 duì · bu qǐ　小不點兒 xiǎo · bu diǎnr

快不快 kuài · bu kuài　多不多 duō · bu duō　跑不了 pǎo · bu liǎo

辨音練習 

【辨讀】

一致 yízhì —— 抑制 yìzhì　一隻 yìzhī —— 醫治 yīzhì

一貫 yíguàn —— 衣冠 yīguān　一起 yìqǐ —— 儀器 yíqì

統一 tǒngyī —— 同意 tóngyì　一樹 yíshù —— 藝術 yìshù

不壞 búhuài —— 布壞 bùhuài　　不惜 bùxī —— 補習 bǔxí
不是 búshì —— 捕食 bǔshí　　不久 bùjiǔ —— 補救 bǔjiù
不語 bùyǔ —— 哺育 bǔyù　　不辭 bùcí —— 卜辭 bǔcí

【辨聽】（請根據錄音，給以下各詞語中的"一"、"不"標上正確的變調符號。）

一(yi)心一(yi)意　　一(yi)時一(yi)刻　　一(yi)生一(yi)世
一(yi)朝一(yi)夕　　一(yi)絲一(yi)毫　　一(yi)模一(yi)樣
不(bu)三不(bu)四　　不(bu)緊不(bu)慢　　不(bu)慌不(bu)忙
不(bu)知不(bu)覺　　不(bu)見不(bu)散　　不(bu)倫不(bu)類
一(yi)毛不(bu)拔　　一(yi)成不(bu)變　　一(yi)絲不(bu)掛
不(bu)可一(yi)世　　一(yi)不(bu)留神　　不(bu)堪一(yi)擊
一(yi)不(bu)做，二不(bu)休　　不(bu)管三七二十一

朗讀練習 

（以下材料中，漢字的"一"、"不"按變調注音。古詩詞中"一"、"不"一般不變調讀輕聲。）

Yàn Ér Luò Dài Guò Dé Shèng Lìng（Yuán Qǔ）
雁兒落帶過得勝令（元曲）

Yì nián lǎo yì nián, yí rì méi yí rì, yì qiū yòu yì qiū, yí bèi cuī yí bèi, yí jù yì lí
一年老一年，一日沒一日，一秋又一秋，一輩催一輩，一聚一離
bié, yì xǐ yì shāng bēi. Yí tà yì shēn wò, yì shēng yí mèng lǐ. Xún yì huǒ xiāngshí,
別，一喜一傷悲。一榻一身臥，一生一夢裡。尋一夥相識，
tā yí huì zán yí huì, dōu yì bān xiāngzhī, chuī yì huí, chàng yì huí.
他一會咱一會，都一般相知，吹一回，唱一回。

Pà Bu Pà
怕不怕

Jiǎ: Nǐ jiā shì bu shì tàitai dāngjiā?
甲：你家是不是太太當家？

Yǐ: Wǒ jiā tàitai bù guǎn shì ...... Búguò, shì tàitai bú zài jiā de shíhou.

乙：我 家 太太 不 管 事…… 不過，是 太 太 不 在 家 的 時 候。

Jiǎ: Nàme, qǐng wèn yíxià, nǐ pà bu pà tàitai ne?

甲：那麼， 請 問 一下，你 怕 不 怕 太 太 呢？

Yǐ: Bié jiā dōushì xiānsheng pà tàitai, zhǐyǒu wǒ jiā shì tàitai bú pà xiānsheng.

乙：別 家 都 是 先 生 怕 太 太，只 有 我 家 是 太 太 不 怕 先 生。

Jiǎ: Bù, nà kě bù yídìng.

甲：不，那 可 不 一 定。

Yǐ: Chà bu duō. Nǐ bú jiùshì zuì tīng tàitai de huà ma?

乙：差 不 多。你 不 就 是 最 聽 太 太 的 話 嗎？

Jiǎ: Bù, tàitai bú zài de shíhou, wǒ cónglái bù tīng tā de.

甲：不，太太 不 在 的 時 候，我 從 來 不 聽 她 的。

辨聽答案

一（yì）心一（yí）意	一（yì）時一（yí）刻	一（yì）生一（yí）世
一（yì）朝一（yì）夕	一（yì）絲一（yì）毫	一（yì）模一（yí）樣
不（bù）三不（bú）四	不（bù）緊不（bú）慢	不（bù）慌不（bù）忙
不（bù）知不（bù）覺	不（bú）見不（bú）散	不（bù）倫不（bú）類
一（yì）毛不（bù）拔	一（yì）成不（bú）變	一（yì）絲不（bú）掛
不（bù）可一（yí）世	一（yí）不（bù）留神	不（bù）堪一（yì）擊

一（yī）不（bú）做，二不（bù）休　　不（bù）管三七二十一

第六課　輕聲及其發音

本課正音重點：

- **輕聲的特點；**
- **輕聲的正確發音。**

語音講解

“輕聲”與“兒化”是普通話語音系統別具一格的兩大特色，因此，要掌握地道的普通話，説好輕聲與兒化是必不可少的。這是以粵語為母語的人士學普通話的難點。

本課專門練習輕聲。

一般來説，普通話的每個音節都有自己的聲調，可是在説話的時候，許多音節往往失去原有的聲調，變成輕聲。因此，輕聲也可以看作是一種特殊的變調。

■ 要説好輕聲音節，可以掌握以下 3 個要點：

1. 音短

輕聲音節的最主要特徵是音短。輕聲音節比非輕聲音節至少短一半。比如説，如果前一個音節是一拍的話，輕聲音節只能説半拍或更短。如：

巴——掌　　“巴”為一拍，“掌”為半拍（輕聲）

窗——户　　“窗”為一拍，“户”為半拍（輕聲）

2. 音高

輕聲音節沒有固定的調值，是受它前一個音節調值的影響而決定的。基本上來說，前一個音節起點較高的，輕聲音節音值就較低：前一個音節起點較低的，輕聲音節音值就較高。即：

陰平、陽平、去聲音節後　　輕聲音節調值低　如：（用•代表音高）
媽媽 mā.ma•
爺爺 yé.ye•
爸爸 bà.ba•

上聲音節後　　輕聲音節調值高　如：奶奶 nǎi.nai•
稿子 gǎo.zi•

3. 調形

在漢語拼音方案中，規定輕聲音節不標調，但並不等於輕聲音節沒有固定的調形。同音高一樣，輕聲音節的調形是受它前一個音節調形的影響而決定的。它的調形情況為：

陰平、陽平、去聲音節後，輕聲調形近似短去聲 31。

上聲音節後，輕聲調形近似短平聲 44。

綜上所述，輕聲的發音如下：

前音節聲調	後音節輕聲特徵	例　　詞
陰平	似低、短去聲 31	東西 dōng · xi，工夫 gōng · fu
陽平	似低、短去聲 31	麻煩 má · fan，甚麼 shén · me
去聲	似低、短去聲 31	告訴 gào · su，客氣 kè · qi
上聲	似高、短平聲 44	本事 běn · shi，姐姐 jiě · jie

正音練習 

【雙音節】

※ 陰平後

燒吧 shāo · ba　他嗎 tā · ma　真的 zhēn · de　刷過 shuā · guo
跟頭 gēn · tou　薪水 xīn · shui　端詳 duān · xiang　姑娘 gū · niang
公道 gōng · dao　妻子 qī · zi

※ 陽平後

誰呀 shuí · ya　熟了 shú · le　停下 tíng · xia
床上 chuáng · shang　學過 xué · guo　繩子 shéng · zi
埋怨 mányuàn　實在 shí · zai　朋友 péng · you
合同 hé · tong

※ 上聲後

走吧 zǒu · ba　懂得 dǒng · de　想法 xiǎngfa　躺着 tǎng · zhe
趕來 gǎn · lai　我們 wǒ · men　椅子 yǐ · zi　斧頭 fǔ · tou
腦袋 nǎo · dai　本事 běn · shi

※ 去聲後

對的 duì · de　算了 suàn · le　坐着 zuò · zhe　記住 jì · zhu
那麼 nà · me　態度 tài · du　故事 gù · shi　分量 fènliàng
地道 dì · dao　照應 zhào · ying

【多音節】

那時候 nà shí · hou　沒關係 méi guān · xi　有的是 yǒu · deshì
恨不得 hèn · bu · dé　走過去 zòu · guo · qu　怎麼了 zěn · me · le
說個笑話 shuō · ge xiào · hua　不好意思 bù hǎo yì · si
黑不溜秋 hēi · buliūqiū

辨音練習 

【辨讀】

大意 dà · yi —— 大意 dàyì
東西 dōng · xi —— 東西 dōngxī
精神 jīng · shen —— 精神 jīngshén
兄弟 xiōng · di —— 兄弟 xiōngdì
利害 lì · hai —— 利害 lìhài
合計 hé · ji —— 合計 héjì
多少 duō · shao —— 多少 duōshǎo
地道 dì · dao —— 地道 dìdào
反正 fǎn · zheng —— 反正 fǎnzhèng
花費 huā · fei —— 花費 huāfèi
來往 lái · wang —— 來往 láiwǎng
人家 rén · jia——人家 rénjiā
自然 zì · ran —— 自然 zìrán
造化 zào · hua —— 造化 zàohuà
生氣 shēng · qi —— 生氣 shēngqì
男人 nán · ren —— 男人 nánrén

買賣 mǎi · mai —— 買賣 mǎimài　　　　地方 dì · fang —— 地方 dìfāng

【辨聽】（請根據錄音，給以下音節標上聲調符號，在輕聲音節前標上記號。）

醫生 yi sheng —— 學生 xue sheng	原子 yuan zi —— 院子 yuan zi
稱呼 cheng hu —— 高呼 gao hu	本份 ben fen —— 充分 chong fen
結實 jie shi —— 事實 shi shi	天氣 tian qi —— 生氣 sheng qi
衣服 yi fu —— 制服 zhi fu	四方 si fang —— 大方 da fang
涼快 liang kuai —— 趕快 gan kuai	口袋 kou dai —— 衣袋 yi dai
交情 jiao qing —— 感情 gan qing	老人 lao ren —— 別人 bie ren

朗讀練習 

Dòufu Hé Dòu Hǔ
豆腐和鬥虎

Cóngqián, yǒu yī gè rén zài jiē shang tīngdào mài dòufu de xiǎohuǒ · zi
從前，有一個人在街上聽到賣豆腐的小伙子
yāohe: ‘Dòufu! Dòufu!’ Biàn lìjí gēnzhe jiàoqǐlai: ‘Āiyā! Dòu hǔ! Dòu hǔ!......’
吆喝：“豆腐！豆腐！”便立即跟着叫起來：“哎呀！鬥虎！鬥虎！……”

Jiē shang de rén tīng tā zhème yī hǎn, dǎnxiǎo de háizi, nǚrén dōu
街上的人聽他這麼一喊，膽小的孩子、女人都
huānghuangzhāngzhāng de táopǎo le. Jǐ gè dǎnzi dà de xiǎohuǒzi wéiguolai wèn:
慌慌張張地逃跑了。幾個膽子大的小伙子圍過來問：
‘Nǎli dòu hǔ? Nǎli dòu hǔ?’
“哪裡鬥虎？哪裡鬥虎？”

Zhè shí, zhèngqiǎo láile yī gè mài mántou de lǎodàye yāohezhe:
這時，正巧來了一個賣饅頭的老大爺吆喝着：
‘Mántou!’ Zhè gè rén tīng le, jiù yòu zhāohu qǐlai: ‘Nántóu, nántóu!’ Nàxiē
“饅頭！”這個人聽了，就又招呼起來：“南頭，南頭！”那些

xiǎohuǒzi yě zhēn de gēn tā xiàng nán pǎoqu.
小伙子也真的跟他向南跑去。

Láidào nán jiē, gānghǎo yùdào yī gè mài suàn de gūniang zài dà rǎng:
來到南街，剛好遇到一個賣蒜的姑娘在大嚷：
'Dàsuàn lou!' Zhè rén yī tīng, jiù dà shī suǒ wàng de hǎndào: 'Āiyā, dǎsàn le,
"大蒜嘍！"這人一聽，就大失所望地喊道："哎呀，打散了，
dǎsàn le!' Xiǎohuǒzimen tīngshuō dǎsàn le, dùnshí méile xìngzhì, gè gè wú jīng
打散了！"小伙子們聽説打散了，頓時沒了興致，個個無精
dǎ cǎi de zǒu le.
打采地走了。

辨聽答案

醫生 yīshēng —— 學生 xué · sheng
稱呼 chēng · hu —— 高呼 gāohū
結實 jiē · shi —— 事實 shìshí
衣服 yī · fu —— 制服 zhìfú
涼快 liáng · kuai —— 趕快 gǎnkuài
交情 jiāo · qing —— 感情 gǎnqíng

原子 yuánzǐ —— 院子 yuàn · zi
本份 běn · fen —— 充分 chōngfèn
天氣 tiān · qì —— 生氣 shēng · qi
四方 sìfāng —— 大方 dà · fang
口袋 kǒu · dai —— 衣袋 yīdài
老人 lǎorén —— 別人 bié · ren

練習一　聲調綜合練習

正音練習 

※ 陰 —— 陰

三八 Sān-Bā　青春 qīngchūn　星期 xīngqī　鮮花 xiānhuā

※ 陰 —— 陽

八十 bāshí　缺乏 quēfá　失足 shīzú　批評 pīpíng

※ 陰 —— 上

七百 qībǎi　金屬 jīnshǔ　爭取 zhēngqǔ　充滿 chōngmǎn

※ 陰 —— 去

聲調 shēngdiào　忽略 hūlüè　功課 gōngkè　車站 chēzhàn

※ 陽 —— 陰

回歸 huíguī　國家 guójiā　荃灣 Quánwān　直接 zhíjiē

※ 陽 —— 陽

習俗 xísú　結合 jiéhé　哲學 zhéxué　國籍 guójí

※ 陽 —— 上

平等 píngděng　防止 fángzhǐ　尋找 xúnzhǎo　離島 lídǎo

※ 陽 —— 去

投入 tóurù　合適 héshì　的確 díquè　食物 shíwù

※ 上 —— 陰

廣東 Guǎngdōng　北京 Běijīng　產生 chǎnshēng　普通 pǔtōng

※ 上 —— 陽

美孚 Měifú　雪白 xuěbái　法國 Fǎguó　朗讀 lǎngdú

※ 上 —— 上

很好 hěnhǎo　港府 Gǎngfǔ　鐵軌 tiěguǐ　北角 Běijiǎo

※ 上 —— 去

法律 fǎlǜ　語句 yǔjù　比賽 bǐsài　討論 tǎolùn

※ 去 —— 陰

六千 liùqiān　辦公 bàngōng　認真 rènzhēn　業師 yèshī

※ 去 —— 陽

二十 èrshí　課文 kèwén　祝福 zhùfú　確實 quèshí

※ 去 —— 上

並且 bìngqiě　上水 Shàngshuǐ　旺角 Wàngjiǎo　破產 pòchǎn

※ 去 —— 去

大廈 dàshà　畢業 bìyè　繼續 jìxù　目錄 mùlù

※ 陰 —— 輕

媽媽 mā · ma　桌子 zhuō · zi

傢伙 jiā · huo　窗户 chuāng · hu

※ 陽 —— 輕

石頭 shí · tou　瓶子 píng · zi

麻煩 má · fan　嚐嚐 cháng · chang

※ 上 —— 輕

奶奶 nǎi · nai　姐夫 jiě · fu

女婿 nǚ · xu　板子 bǎn · zi

※ 去 —— 輕

客氣 kè · qi　位置 wèi · zhi

木匠 mù · jiang　這麼 zhè · me

※ 混合聲調

九龍塘 Jiǔlóngtáng　大埔墟 Dàbùxū　石硤尾 Shíxiáwěi

長沙灣 Chángshāwān　尖沙咀 Jiānshāzuǐ　油麻地 Yóumádì

市政局 shìzhèngjú　圖書館 túshūguǎn　新鴻基 Xīnhóngjī

交易所 jiāoyìsuǒ　叙福樓 Xùfúlóu　大快活 Dàkuàihuó

疼不疼 téng · bu téng　等不等 děng · bu děng　換不換 huàn · bu huàn

說一聲 shuō · yi shēng　談一談 tán · yi tán　算一下 suàn · yi xià

一清二楚 yì qīng èr chǔ　一竅不通 yí qiào bù tōng

一言為定 yì yán wéi dìng　不明不白 bù míng bù bái

新年快樂 xīnnián kuàilè　　萬事如意 wàn shì rú yì
日新月異 rì xīn yuè yì　　惠康超市 Huìkāng chāoshì
股票交易 gǔpiào jiāoyì　　其士集團 Qíshì jítuán

辨音練習 

【辨讀】

百佳 Bǎijiā—— 敗家 bàijiā
送獎 sòng jiǎng —— 宋江 Sòng Jiāng
留醫 liúyī —— 六姨 liùyí
書架 shūjià —— 輸家 shūjiā
科技 kējì —— 客機 kèjī
老虎 lǎohǔ —— 老胡 lǎohú
花園 huāyuán —— 畫院 huàyuàn
夥計 huǒ·ji —— 火雞 huǒjī
地產 dìchǎn —— 低產 dīchǎn
發財 fācái —— 髮菜 fàcài
土地 tǔdì —— 徒弟 túdì
上學 shàngxué —— 商學 shāngxué
治港 zhìgǎng —— 值崗 zhígǎng
蝦餃 xiājiǎo —— 下腳 xiàjiǎo
中華 Zhōnghuá —— 種花 zhòng huā
知道 zhī·dao —— 指導 zhǐdǎo

【辨聽】（請根據錄音，給以下詞語標上正確的聲調符號。）

詩史石是 shi shi shi shi　至止知直 zhi zhi zhi zhi　斥吃遲尺 chi chi chi chi
機幾及寄 ji ji ji ji　騎起氣欺 qi qi qi qi　稀戲喜席 xi xi xi xi
搭達打大 da da da da　歌隔葛個 ge ge ge ge　户呼胡虎 hu hu hu hu
身強力健 shen qiang li jian
良師益友 liang shi yi you
厚今薄古 hou jin bo gu
千錘百煉 qian chui bai lian
風調雨順 feng tiao yu shun
信以為真 xin yi wei zhen
同甘共苦 tong gan gong ku
庸人自擾 yong ren zi rao
胸懷廣闊 xiong huai guang kuo

朗讀練習 

Hànyǔ Zhōng De 'Hóu'
漢語 中 的"猴"

Zài Hànyǔ zhōng, 'hóuzi' shì yī gè cháng yònglai bǐyù guāiqiǎo, jīling de rén
在 漢語 中, "猴子"是一個 常 用 來比喻 乖 巧、機靈 的 人
de cí. Súyǔ shuō: 'Hóuzi tuōshēng de, mǎn dùzi xīnyǎnr.' Kějiàn, hóuzi shì
的 詞。俗語 說: "猴 子 托 生 的, 滿 肚子 心 眼兒。" 可 見, 猴 子是
Zhōngguórén xīnmù zhōng jīling de yī gè cānkǎowù hé biāozhǔn, jiù hǎoxiàng
中 國人 心目 中 機靈 的 一 個 參 考 物 和 標 準, 就 好 像
bǐyù dàměirén cháng yòng Xīshī huò Yáng Guìfēi lái zuò biāozhǔn yī yàng.
比喻 大 美 人 常 用 西施 或 楊 貴 妃 來 作 標 準 一 樣。

Zhōngguó de hóuzi, chúle jīling, guāiqiǎo zhī wài, háiyǒu wénhuà tèzhēng.
中 國 的 猴子, 除了 機靈、乖 巧 之 外, 還 有 文 化 特 徵。

Yī xìng jí rú huǒ. Rénmen cháng yòng 'jí hóuzi' lái xíngróng jíxìngzi de rén.
一、性 急 如 火。人 們 常 用"急 猴子"來 形 容 急性 子 的 人。
Xiēhòuyǔ shuō: 'Huǒ shāo hóu pìgu—tuántuán zhuàn', nà jiù gèng jí le. Yīnwèi
歇 後 語 說: "火 燒 猴 屁股—團 團 轉", 那 就 更 急 了。因為
běnlái jiù yǐjing shì 'hóuzi pìgu—zuò bu zhù le'.
本 來 就 已 經 是 "猴子 屁股—坐 不 住 了"。

Èr, wánpí táoqì. Yīncǐ, 'pí hóu' chéngle wánpí háizi de tōngchēng.
二、頑皮 淘氣。因此,"皮猴" 成 了 頑 皮 孩子 的 通 稱。

Sān, tǐ xiǎo gān shòu. Xíngróng shòuxiǎo de rén, cháng shuō 'shòu de xiàng
三、體 小 乾 瘦。形 容 瘦 小 的 人, 常 說 "瘦 得 像
gè hóu', shènzhì shuō 'jiān zuǐ hóu sāi'. Qíshí, hóuzi yě yǒu féi yǒu shòu, dàn zài
個 猴", 甚 至 說 "尖 嘴 猴 腮"。其實, 猴 子 也 有 肥 有 瘦, 但 在
Zhōngguó wénhuà guānniàn zhōng, hóuzi yīlǜ dōushì gānshòu de, wú féi kě yán!
中 國 文化 觀 念 中, 猴 子一律 都 是 乾 瘦 的, 無 肥 可 言!

Sì, xìng Sūn míng Hóu. Zhōngguó de hóuzi shì yǒu xìng de, tā xìng Sūn.
四、姓 孫 名 猴。 中 國 的 猴 子 是 有 姓 的，它 姓 孫。
Zhè yīdìng shì shòule *Xī Yóu Jì* de yǐngxiǎng. Jiéguǒ zài shuōxiào zhōng, xìng
這 一定 是 受了《西 遊 記》的 影 響。 結 果 在 說 笑 中， 姓
Sūn de, wúlùn nán nǚ lǎo shào, dōu cháng bèi péngyoumen jiàozuò 'Sūnhóu',
孫 的，無 論 男 女 老 少， 都 常 被 朋 友 們 叫 作 "孫 猴"，
dàn zhè jué bù bāohán wūrǔ de yìsi.
但 這 絕 不 包 含 污辱 的 意思。

Yóu cǐ kě jiàn, zài Zhōngguórén de xīnmù zhōng, hóuzi shì kě'ài kěqīn de,
由 此 可 見， 在 中 國 人 的 心目 中， 猴 子 是 可 愛 可 親 的，
bìng bù tǎoyàn.
並 不 討 厭。

辨聽答案

詩史石是 shī shǐ shí shì　至止知直 zhì zhǐ zhī zhí　斥吃遲尺 chì chī chí chǐ
機幾及寄 jī jǐ jí jì　騎起氣欺 qí qǐ qì qī　稀戲喜席 xī xì xǐ xí
搭達打大 dā dá dǎ dà　歌隔葛個 gē gé gě gè　户呼胡虎 hù hū hú hǔ
身強力健 shēn qiáng lì jiàn　信以為真 xìn yǐ wéi zhēn
良師益友 liáng shī yì yǒu　同甘共苦 tóng gān gòng kǔ
厚今薄古 hòu jīn bó gǔ　庸人自擾 yōng rén zì rǎo
千錘百煉 qiān chuí bǎi liàn　胸懷廣闊 xiōng huái guǎng kuò
風調雨順 fēng tiáo yǔ shùn

單元二・普通話聲母正音

第七課　不送氣音 b, d, g 和送氣音 p, t, k

本課正音重點：

- 不送氣音 **b d g** 的正確發音；
- 送氣音 **p t k** 的正確發音；
- 不送氣音與送氣音的分辨。

語音講解

按照發音時透出的氣流的強弱，普通話的一些聲母可分為不送氣音和送氣音。

普通話的 21 個聲母（不包括零聲母）中，有 6 對聲母的發音是"不送氣"和"送氣"相對應的，它們是：

b —— p　d —— t　g —— k　j —— q　zh —— ch　z —— c

這些不送氣音和送氣音有嚴格的區別。

由於受到廣州話的影響，在香港，有很多人容易將普通話的送氣音與不送氣音的聲母説錯。

例如：

pǔbiàn（普遍）　變成 pǔpiàn（音似"譜片"）
dàibiǎo（代表）　變成 tàipiǎo（音似"太膘"）
kāfēi（咖啡）　變成 gāfēi（音似"嘎非"）
diàochá（調查）　變成 tiàozhá（音似"跳閘"）

gùkè（顧客）　　　　變成 kùkè（音似“庫客”）
bàoqiàn（抱歉）　　　變成 pàojiàn（音似“炮艦”）

■ “不送氣”音和“送氣”音的差別

不送氣音 —— 發音時，氣流較微弱，自然放出，氣流持續時間較短；

送氣音 —— 發音時，要用力吐出一股較強的氣流，氣流持續時間略長。氣流在突破發音部位的阻礙而衝出聲門時，與聲門和口腔中發音器官的較狹窄部份有一定的磨擦。

關於 j, q，zh，z，ch，c 的辨音，本教程後面有專課講授和練習，故在本課中，我們只練習 b，p，d，t，g，k 這三對不送氣音與送氣音的發音。

■ 送氣音與不送氣音的練習方法

1. 將手掌或手背放在嘴前 1 吋遠的地方，可以明顯感受到不送氣音和送氣音氣流的強弱。

2. 將不送氣音和送氣音成對地作對比練習：

b 為不送氣音，p 為送氣音；

d 為不送氣音，t 為送氣音；

g 為不送氣音，k 為送氣音。

3. 將在廣州話和普通話中，送氣音或不送氣音剛好相反的字挑出來做重點練習，有助於避免廣州話的影響，記憶普通話的發音。如：

“迫”：廣州話聲母 —— 不送氣音 b
　　　普通話聲母 —— 送氣音 p

正音練習

【不送氣音】

b

斑白 bānbái	辨別 biànbié	背包 bèibāo	奔波 bēnbō
把柄 bǎbǐng	擺佈 bǎibù	版本 bǎnběn	褒貶 bāobiǎn
寶貝 bǎobèi	保鏢 bǎobiāo	卑鄙 bēibǐ	稟報 bǐngbào

d

達到 dádào	大地 dàdì	打賭 dǎdǔ	大膽 dàdǎn
單調 dāndiào	帶動 dàidòng	當代 dāngdài	搭檔 dādàng
電燈 diàndēng	定單 dìngdān	動蕩 dòngdàng	對待 duìdài

g

過關 guòguān	改革 gǎigé	高貴 gāoguì	廣告 guǎnggào
鬼怪 guǐguài	僱工 gùgōng	拐棍 guǎigùn	公共 gōnggòng
各國 gèguó	槓桿 gànggǎn	規格 guīgé	觀光 guānguāng

【送氣音】

p

拼盤 pīnpán	批評 pīpíng	匹配 pǐpèi	偏僻 piānpì
品評 pǐnpíng	乒乓 pīngpāng	評判 píngpàn	澎湃 péngpài
偏旁 piānpáng	鋪排 pūpái	劈啪 pīpā	瓢潑 piáopō

t

調停 tiáotíng	探討 tàntǎo	跳台 tiàotái	團體 tuántǐ
談天 tántiān	妥帖 tuǒtiē	天體 tiāntǐ	脱逃 tuōtáo
推托 tuītuō	淘汰 táotài	吞吐 tūntǔ	貪圖 tāntú

k

開口 kāikǒu	坎坷 kǎnkě	慷慨 kāngkǎi	苛刻 kēkè
可口 kěkǒu	刻苦 kèkǔ	空曠 kōngkuàng	虧空 kuīkong
可靠 kěkào	開課 kāikè	開墾 kāikěn	曠課 kuàngkè

【單音節對比】

b —— p

波 bō —— 坡 pō	拔 bá —— 爬 pá
筆 bǐ —— 匹 pǐ	不 bù —— 舖 pù
飽 bǎo —— 跑 pǎo	倍 bèi —— 配 pèi
奔 bēn —— 噴 pēn	白 bái —— 排 pái

d —— t

大 dà —— 踏 tà	敵 dí —— 提 tí

堵 dǔ —— 土 tǔ

都 dōu —— 偷 tōu

頂 dǐng —— 挺 tǐng

帶 dài —— 太 tài

旦 dān —— 貪 tān

堆 duī —— 推 tuī

g —— k

個 gè —— 克 kè

該 gāi —— 開 kāi

瓜 guā —— 誇 kuā

怪 guài —— 快 kuài

古 gǔ —— 苦 kǔ

搞 gǎo —— 考 kǎo

幹 gàn —— 看 kàn

過 guò —— 括 kuò

【雙音節對比】

b —— p

白字 báizì —— 排字 páizì

伴誰 bànshuí —— 盼誰 pànshuí

本子 běnzi —— 盆子 pénzi

合辦 hébàn —— 河畔 hépàn

d —— t

大埔 Dàbù —— 踏步 tàbù

擔任 dānrèn —— 攤任 tānrèn

肚子 dùzi —— 兔子 tùzi

讀寫 dúxiě —— 塗寫 túxiě

g —— k

乾貨 gānhuò —— 看貨 kànhuò

包括 bāokuò —— 包過 bāoguò

骨頭 gǔtou —— 苦頭 kǔtou

怪話 guàihuà —— 快話 kuàihuà

辨音練習 

【辨讀】

1. 給下列各組詞語加上漢語拼音，然後朗讀：

一遍	叛徒	肚子	獨特	他們	但是	公房
{	{	{	{	{	{	{
一片	半途	兔子	獨得	大門	探視	空房

2. 正確讀出下列句子。

（1）Tā de kùzi pò le, kěshì què bù kěn bǔ.
他的褲子破了，可是卻不肯補。

（2）Hépàn Huāyuán bù zài Jiǔlóng Bàndǎo, Hǎibīn Huāyuán bù zài Pípa Shān.
河畔花園不在九龍半島，海濱花園不在琵琶山。

（3）Páng xiānsheng dìzǐ de dízi chuī de hěn bàng, chángcháng shòudào bàozhǐ de chuīpěng.
龐先生弟子的笛子吹得很棒，常常受到報紙的吹捧。

（4）Tā zài bǐsài zhōng qǐtú qīpiàn cáipàn, dàn bèi shípò le.
他在比賽中企圖欺騙裁判，但被識破了。

（5）Bù hē tāng, kěn gǔtou, zhēnshi zì zhǎo kǔ chī.
不喝湯，啃骨頭，真是自找苦吃。

【辨聽】（請根據錄音，認為下列帶 · 的字的讀音正確者標上✓，錯誤者標上×，並將其聲母填上。）

詞語	正誤	聲母	詞語	正誤	聲母
擁抱			棉被		
加倍			遍身		

詞語	正誤	聲母	詞語	正誤	聲母
肚子			大概		
規定			逼迫		
特殊			突然		
舵手			陪伴		
棍棒			祈禱		
河邊			貸款		
僕人			叛徒		
楷書			品種		

朗讀練習 

Ràokǒulìng
繞 口 令

Gēge zhù zài Sītúbá Dào,
哥 哥 住 在 司徒拔 道，
Shàng bān què zài Tǔguāwān Dào;
上 班 卻 在 土瓜灣 道；
Dìdi zhù zài Tǔguāwān Dào,
弟 弟 住 在 土 瓜 灣 道，
Shàng bān dào zài Sītúbá Dào.
上 班 倒 在 司徒拔 道。
Bóbo mǎi lóu zài Dàbù Běidào,
伯伯 買 樓 在 大埔 北 道，
Gōngsī què zài Tàizǐ Dōngdào;
公 司 卻 在 太 子 東 道；
Pópo kāi diàn zài Tàizǐ Dōngdào,
婆婆 開 店 在 太 子 東 道，

Mǎi Huò què yào qù Dàbù Běidào.
買 貨 卻 要 去 大埔 北 道。

Wàzi Yǒu Dòng
襪 子 有 洞

Yǒu yī gè shūdāizi bànshì hútu de chū qí. Yī tiān, tā jiǎo shàng chuānle gēge
有 一 個 書 獃 子 辦 事 糊塗 得 出 奇。一 天，他 腳 上 穿 了 哥哥
de yī shuāng pò xié chū mén, yī lù shàng 'kěkǒu kělè' shì de, tītī-tātā de zǒu zhe.
的 一 雙 破 鞋 出 門，一 路 上 "可 口 可樂"似 的，踢踢踏踏地 走 着。
Yǒu rén jiànle tā shuō: 'Nǐ zǒu lù zhème bù biànli, yīdìng shì wàzi shàng yǒu
有 人 見 了 他 說："你 走 路 這麼 不 便 利，一 定 是 襪子 上 有
gè dòng!'
個 洞！"

Shūdāizi bù kěn xiāngxìn, bǎ xié tuō xialai, fān lái fù qù de duānliang zhe
書 獃 子 不 肯 相 信，把 鞋 脱 下 來，翻 來 覆 去 地 端 量 着
jiǎo shàng de wàzi, wèn dào: 'Kūlong zài nǎr?'
腳 上 的 襪 子，問 道："窟 窿 在 哪兒？"

Nà rén shuō: 'Nǐ gǎn dǎ dǔ bābǎi kuài qián, wǒ jiù gàosu nǐ!'
那 人 說："你 敢 打 賭 八 百 塊 錢，我 就 告 訴 你！"

Shūdāizi kāngkǎi de ná chū bābǎi kuài qián.
書 獃 子 慷 慨 地 拿 出 八 百 塊 錢。

Nà rén wǔ zhe dùzi, gēgē de xiào zhe: 'Rúguǒ wàzi méiyǒu gè dà dòng, nǐ
那 人 捂 着 肚子，咯咯 地 笑 着："如 果 襪子 沒 有 個 大 洞，你
de jiǎo yòu zěnme chuān jìnqule ne?'
的 腳 又 怎麼 穿 進去了 呢？"

辨聽答案

詞語	正誤	聲母	詞語	正誤	聲母
擁抱	✓	b	棉被	×	b
加倍	×	b	遍身	✓	b
肚子	✓	d	大概	✓	g
規定	✓	g	逼迫	×	p
特殊	×	t	突然	✓	t
舵手	✓	d	陪伴	×	b
棍棒	×	b	祈禱	✓	d
河邊	✓	b	貸款	✓	d
僕人	×	p	叛徒	×	p
楷書	×	k	品種	✓	p

第八課　舌尖中鼻音 n 和舌尖中邊音 l

本課正音重點：

- 舌尖中鼻音 n 的正確發音；
- 舌尖中邊音 l 的正確發音；
- 舌尖中鼻音與舌尖中邊音的分辨。

語音講解

普通話聲母中有舌尖中鼻音 n 和舌尖中邊音 l。

廣州話中也有聲母 n 和 l 。但由於所謂“懶音”的緣故，廣州話中有將邊音 l 混同鼻音 n 的習慣，所以，在說普通話時，有許多人也不免出現 n、l 不分的情況。

以廣州話為母語的學習者，往往習慣於用邊音 l 來代替鼻音 n，或者，在發n音時帶有 l 音的色彩。對於這些人來說，一個字的聲母是 n 還是 l，在聽感上沒有多少差別。有的人甚至會問道：n，l 的分別是那麼重要嗎？回答是肯定的：在普通話中確實十分重要。一音之差往往意思迥異。如，下列詞語的不同只是聲母 n，l 的差異：

難民 nànmín —— 爛民 lànmín

南海 nánhǎi —— 藍海 lánhǎi

連理 liánlǐ —— 年禮 niánlǐ

注意，在廣州話中，聲母必須讀作l的，通常在普通話中也讀l聲母，如“落兩”的“落”，廣州話與普通話都要讀l聲母。在廣州話中，有人常將l和n這兩個聲母混淆，所以有人讀l、有人讀成n聲母的音節，在普通話中，聲母有的是n，有的是l。

■ 舌尖中鼻音n 的發音

舌尖要抵住上齒齦，同時，舌的兩側向上抬起，與硬腭兩側形成弧形閉合，完全封閉口腔通路，氣流經由鼻腔流出，聲帶振動。注意，舌的兩側要與上腭全封閉口腔的通路。如果未能全封閉口腔，氣流從舌的兩側縫隙還能透出，則有 l 音成份，甚至發成 l 音。

■ 舌尖中邊音 l 的發音

舌尖也要抵住上齒齦，不過舌的兩側要與上腭保持適當距離，氣流就是從這“舌邊”的縫隙流出，聲帶振動。為了保證氣流能從口腔流出，關鍵的動作是軟腭上抬，完全封閉鼻腔通路。如果鼻腔通路不能全封閉，有氣流通過，就會有鼻音加入，或者發成 n 音。

■ 練習方法

（1）n 是鼻音，發音是可以延長的。所以，可以用延長發聲的方法來體會它的發音部位和鼻音的音色。用此方法先練發下面的簡單音節：

n —— na　　n —— ne　　n —— ni　　n —— nu

（2）l 的發音可以先試用發長音 a ——，在拖長的 a 音中間用舌尖敲擊上齒齦中部，發出 la — la — la —（啦 — 啦 — 啦 —）的音來。然後再試發 le — le — le —，li — li — li —和 lu — lu — lu— 等音節。

正音練習 

n

※ 單音節

拿 ná	哪 nǎ	南 nán	農 nóng	你 nǐ	您 nín
腦 nǎo	內 nèi	能 néng	尼 ní	難 nán	鬧 nào

匿 nì	怒 nù	弄 nòng	年 nián	釀 niàng	寧 níng
牛 niú	嫩 nèn	女 nǚ	虐 nüè	諾 nuò	囊 náng

※ 雙音節

牛奶 niúnǎi	男女 nánnǚ	惱怒 nǎonù	能耐 néngnai
泥濘 nínìng	泥淖 nínào	牛腩 niúnán	農奴 nóngnú

l

※ 單音節

藍 lán	立 lì	拉 lā	路 lù	令 lìng	連 lián
籠 lóng	林 lín	流 liú	落 luò	僚 liáo	利 lì
臘 là	兩 liǎng	料 liào	鄰 lín	龍 lóng	魯 lǔ
碌 lù	綠 lǜ	卵 luǎn	略 lüè	亂 luàn	吝 lìn

※ 雙音節

來歷 láilì	勞累 láolèi	老路 lǎolù	利率 lìlǜ
流利 liúlì	流露 liúlù	履歷 lǚlì	羅列 luóliè
理論 lǐlùn	玲瓏 línglóng	力量 lìliàng	留戀 liúliàn

n，l 對比

※ 單音節

拿 ná —— 拉 lā	南 nán —— 藍 lán
捏 niē —— 列 liè	您 nín —— 林 lín
諾 nuò —— 落 luò	虐 nüè —— 略 lüè
奈 nài —— 賴 lài	囊 náng —— 郎 láng
鳥 niǎo —— 撩 liáo	娘 niáng —— 良 liáng
暖 nuǎn —— 卵 luǎn	女 nǚ —— 旅 lǚ
你 nǐ —— 裡 lǐ	寧 níng —— 零 líng
牛 niú —— 流 liú	內 nèi —— 類 lèi

※ 雙音節

n —— l

納涼 nàliáng	奶酪 nǎilào	農曆 nónglì
腦力 nǎolì	內陸 nèilù	年輪 niánlún
能量 néngliàng	女郎 nǚláng	努力 nǔlì

l —— n

來年 láinián　　爛泥 lànní　　冷暖 lěngnuǎn
連年 liánnián　　兩難 liǎngnán　　留念 liúniàn
落難 luònàn　　綠鳥 lǜniǎo　　綠嫩 lǜnèn

辨音練習 

【辨讀】

那樣 nàyàng　　邏輯 luóji　　車輪 chēlún　　釀酒 niàngjiǔ
凝重 níngzhòng　　納悶 nàmèn　　納福 nàfú　　奶油 nǎiyóu
牢固 láogù　　垃圾 lājī　　奶粉 nǎifěn　　男士 nánshì
南極 nánjí　　南洋 nányáng　　温暖 wēnnuǎn　　糯米 nuòmǐ
簡陋 jiǎnlòu　　公路 gōnglù　　難免 nánmiǎn　　熱鬧 rè·nao
路考 lùkǎo　　敗露 bàilù　　漏洞 lòudòng　　內河 nèihé
龍捲風 lóngjuǎnfēng　　霓虹燈 níhóngdēng　　男子漢 nánzǐhàn
加拿大 Jiānádà　　螺旋槳 luóxuánjiǎng　　里程碑 lǐchéngbēi
泥古不化 nì gǔ bù huà　　進退兩難 jìn tuì liǎng nán
浮光掠影 fú guāng lüè yǐng　　能屈能伸 néng qū néng shēn
弄巧成拙 nòng qiǎo chéng zhuō　　心花怒放 xīn huā nù fàng
逆來順受 nì lái shùn shòu　　拈花惹草 niān huā rě cǎo
耐人尋味 nài rén xún wèi　　難分難解 nán fēn nán jiě

【辨聽】（請根據錄音，在與發音相符的詞語後面劃✓。）

一年 ____ 一連 ____　　泥巴 ____ 籬笆 ____
內人 ____ 累人 ____　　牛黃 ____ 硫磺 ____
女客 ____ 旅客 ____　　無奈 ____ 無賴 ____
濃重 ____ 隆重 ____　　年假 ____ 廉價 ____
南部 ____ 藍布 ____　　惱怒 ____ 老路 ____
留念 ____ 留戀 ____　　爛泥 ____ 爛梨 ____

朗讀練習

Ràokǒulìng
繞 口 令

Lǎolóng nǎonù nào lǎonóng,
老 龍 惱怒 鬧 老 農，
Lǎonóng nǎonù nào lǎolóng,
老 農 惱怒 鬧 老龍，
Nóng nù lóng nǎo nóng gèng nù,
農 怒 龍 惱 農 更 怒，
Lóng nǎo nóng nù lóng pà nóng.
龍 惱 農 怒 龍 怕 農。

Niǎo Jiē
鳥 街

Wàngjiǎo de Kānglè Jiē shì yī tiáo lǎojiē. Yǐqián, zhè tiáo lǎojiē yòu jiào
旺 角 的 康 樂 街 是 一 條 老 街。以前， 這 條 老 街 又 叫
'Niǎo Jiē', yīnwèi zhěng tiáo lǎojiē dōushì mài niǎo de shāngpù. Lǎojiē
"鳥 街"，因 為 整 條 老街 都 是 賣 鳥 的 商 舖。老 街
zuòwéi Niǎo Jiē yǐ yǒu shíjǐ nián lìshǐ le. Měitiān lái mǎi niǎo hé kàn niǎo de rén
作 為 鳥 街 已 有 十幾 年 歷史了。每 天 來 買 鳥 和 看 鳥 的 人
hěnduō. Yī qīngzǎo, jiù yǒu xǔduō lǎorén jùjí zài zhèli 'liù niǎo', měirén jǔzhe
很 多。一 清 早， 就 有 許 多 老 人 聚集 在 這裡 "遛 鳥"，每 人 舉着
gè niǎolóng, niǎolóng lǐ yǒu bùtóng de niǎo, lǜ de, huáng de, hóng de, háiyǒu lán
個 鳥 籠， 鳥 籠 裡 有 不 同 的 鳥，綠 的、黃 的、紅 的，還 有 藍
de. Niǎoniǎo de niǎoshēng bù jué yú ěr. Lǎorén lè le, lè de xiàng yī zhī lǜ niǎo.
的。裊 裊 的 鳥 聲 不 絕 於 耳。老 人 樂 了，樂 得 像 一 隻 綠 鳥。

辨聽答案

一年	✓	一連	___	泥巴	✓	籬笆	___
內人	___	累人	✓	牛黃	___	硫磺	✓
女客	___	旅客	✓	無奈	___	無賴	✓
濃重	✓	隆重	___	年假	___	廉價	✓
南部	✓	藍布	___	惱怒	✓	老路	___
留念	___	留戀	✓	爛泥	✓	爛梨	___

第九課　舌尖後音zh，ch，sh 和舌尖前音 z，c，s

本課正音重點:

- 舌尖後音 **zh，ch，sh** 的正確發音;
- 舌尖前音 **z，c，s** 的正確發音;
- 舌尖後音與舌尖前音的分辨。

語音講解

舌尖後音 zh，ch，sh，也稱“翹舌聲母”；

舌尖前音 z，c，s，也稱“平舌聲母”。

普通話的這兩組聲母在廣州話中是沒有的，另外，廣州話中也沒有普通話的舌面音 j，q，x，而只有一套舌葉音[tʃ]（楂），[tʃ’]（查），[ʃ]（沙）。廣州話的這套舌葉音的發音方法介於普通話的 z，c，s 和 j，q，x 之間而接近 j，q，x。

受廣州話影響，香港人在發普通話的 zh，ch，sh和 z，c，s（包括 j，q，x）音時，往往發成舌葉音中的[tʃ]，[tʃ’]，[ʃ]，或者把握不住舌位，將舌尖後音發成舌尖前音，如:

知道 zhī · dao　　變成　　雞道 jīdào

初步 chūbù　　變成　　粗布 cūbù

詩人 shīrén　　變成　　私人 sīrén

本課進行 zh，ch，sh 和 z，c，s 這兩組聲母的正音。

■ 舌尖擺放的位置是發好 zh，ch，sh 和 z，c，s 的關鍵

zh, ch, sh，發音要領在於發音時，舌尖翹起，對着硬腭的最前端，即上齒齦稍後的地方，不能觸及上齒齦。同時軟腭上升，關閉鼻腔通路。如用誇張的方法練習，舌尖可向後稍捲起，所以有人稱這一組音為“捲舌音”（正常發音時，舌尖其實並未捲起）。

zh, ch, sh 這三個音的不同之處在於 zh，ch 在成阻時，舌間要“抵住”硬腭最前端，形成口腔通路的封閉；而 sh 在成阻階段舌的前部僅“接近”硬腭端，中間留有適當間隙，口腔通路並未封閉，發音時，氣流從預留的間隙磨擦通過而成聲。

zh 和 ch 發音時由於舌尖封閉了氣流通路，氣流要先在成阻部位後積蓄，然後突然除阻，使氣流爆破透出。zh 與 ch 的差別在於，zh 是不送氣音，氣流較弱，ch 是送氣音，氣流較強並明顯磨擦。

z，c，s 是舌尖前音，發音時舌尖向前平伸，抵住或接近上門齒齒背（z 和 c 抵住齒背，s 是舌尖接近齒背，留有縫隙）。由於舌尖是稍平伸的，所以人們也稱之為“平舌音”。與舌尖後音比較，兩者的舌位差別有二：

第一，zh，ch，sh 是翹舌（俗稱“捲舌”），z，c，s 是平舌；

第二，舌尖與口腔上部接觸或接近的位置不同。zh，ch，sh 稍後，在硬腭前端；z，c，s 稍前，在上門齒齒背。

要注意的是，有不少學習者發這兩組音時，舌位往往處在這兩組音之間，前後不到位，含混不清，結果兩組都發不準。

■ 練習方法

1. 練習時，可用稍微誇張的方法區別發出這兩組聲母。也就是説，平舌和翹舌的區別要明顯些。

平舌時，舌尖一定到達門齒齒背；翹舌時，舌尖可感到向後捲起，整個舌體也向後縮。但是這種誇張的練習之後，要回到正常的舌位練習，主要是在發 zh，ch，sh 時，舌尖不要向後捲得太過以致觸到硬腭中部，而要使舌尖略向前到達硬腭的最前端（但不要到齒齦）。

2. 以標準字音為例，反復對比練習，體會發音部位的不同。如：

zī 姿 —— zhī 知　　cí 雌 —— chí 癡　　sī 思 —— shī 師

正音練習 

zh

執照 zhízhào	照準 zhàozhǔn	珍珠 zhēnzhū	戰爭 zhànzhēng
珍重 zhēnzhòng	真正 zhēnzhèng	政治 zhèngzhì	主張 zhǔzhāng
專制 zhuānzhì	裝置 zhuāngzhì	蜘蛛 zhīzhū	住址 zhùzhǐ

ch

長城 chángchéng	唇齒 chúnchǐ	查出 cháchū	沉船 chénchuán
剷除 chǎnchú	乘除 chéngchú	乘車 chéngchē	長處 chángchu
馳騁 chíchěng	沖茶 chōngchá	出產 chūchǎn	長春 Chángchūn

sh

師生 shīshēng	失守 shīshǒu	山石 shānshí	上市 shàngshì
神聖 shénshèng	手術 shǒushù	首飾 shǒushi	碩士 shuòshì
省事 shěngshì	收拾 shōu·shi	時事 shíshì	舒適 shūshì

z

自在 zìzài	祖宗 zǔzong	最早 zuìzǎo	自尊 zìzūn
再造 zàizào	總則 zǒngzé	走卒 zǒuzú	罪責 zuìzé

c

猜測 cāicè	層次 céngcì	摧殘 cuīcán	從此 cóngcǐ
催促 cuīcù	倉猝 cāngcù	粗糙 cūcāo	寸草 cùncǎo

s

鬆散 sōngsǎn	搜索 sōusuǒ	三思 sānsī	訴訟 sùsòng
灑掃 sǎsǎo	瑣碎 suǒsuì	色素 sèsù	思索 sīsuǒ

【zh，ch，sh 連用】

偵察 zhēnchá	展出 zhǎnchū	章程 zhāngchéng
照射 zhàoshè	真實 zhēnshí	招手 zhāoshǒu
長征 chángzhēng	春裝 chūnzhuāng	船長 chuánzhǎng
嘗試 chángshì	昌盛 chāngshèng	襯衫 chènshān
始終 shǐzhōng	神州 shénzhōu	使者 shǐzhě

商場 shāngchǎng　紗窗 shāchuāng　水產 shuǐchǎn

【z，c，s 連用】

早操 zǎocāo　遵從 zūncóng　紫菜 zǐcài
贈送 zèngsòng　阻塞 zǔsè　棕色 zōngsè
錯綜 cuòzōng　操作 cāozuò　才子 cáizǐ
彩色 cǎisè　滄桑 cāngsāng　蠶絲 cánsī
色澤 sèzé　塑造 sùzào　三座 sānzuò
頌詞 sòngcí　素餐 sùcān　隨從 suícóng

【zh，ch，sh 和 z，c，s 連用】

zh —— z

主宰 zhǔzǎi　鑄造 zhùzào　製造 zhìzào
沼澤 zhǎozé　渣滓 zhāzǐ　職責 zhízé
種族 zhǒngzú　追蹤 zhuīzōng　準則 zhǔnzé
正在 zhèngzài　著作 zhùzuò　知足 zhīzú

z —— zh

載重 zàizhòng　贊助 zànzhù　雜誌 zázhì
增長 zēngzhǎng　自傳 zìzhuàn　自治 zìzhì
作者 zuòzhě　宗旨 zōngzhǐ　阻止 zǔzhǐ
組織 zǔzhī　遵照 zūnzhào　滋長 zīzhǎng

ch —— c

差錯 chācuò　車次 chēcì　純粹 chúncuì
尺寸 chǐcùn　揣測 chuǎicè　儲存 chǔcún
船艙 chuáncāng　陳醋 chéncù　炒菜 chǎocài
初次 chūcì　成才 chéngcái　楚辭 chǔcí

c —— ch

財產 cáichǎn　餐車 cānchē　操持 cāochí
草創 cǎochuàng　磁場 cíchǎng　辭呈 cíchéng
粗茶 cūchá　促成 cùchéng　錯處 cuòchù
彩綢 cǎichóu　操場 cāochǎng　殘喘 cánchuǎn

sh —— s

上司 shàngsi	生絲 shēngsī	神色 shénsè
失散 shīsàn	膳宿 shànsù	深思 shēnsī
神速 shénsù	伸縮 shēnsuō	輸送 shūsòng
殊死 shūsǐ	世俗 shìsú	繩索 shéngsuǒ

s —— sh

喪失 sàngshī	宿舍 sùshè	訴説 sùshuō
算術 suànshù	松鼠 sōngshǔ	隨身 suíshēn
瑣事 suǒshì	素食 sùshí	唆使 suōshǐ
四十 sìshí	損失 sǔnshī	掃射 sǎoshè

辨音練習 

【辨讀】

支援 zhīyuán —— 資源 zīyuán

實數 shíshù —— 食宿 shísù

生人 shēngrén—— 僧人 sēngrén

重來 chónglái —— 從來 cónglái

志願 zhìyuàn —— 自願 zìyuàn

近視 jìnshì —— 近似 jìnsì

資助 zīzhù —— 支柱 zhīzhù

自序 zìxù —— 秩序 zhìxù

肅立 sùlì —— 樹立 shùlì

木柴 mùchái —— 木材 mùcái

商業 shāngyè —— 桑葉 sāngyè

山腳 shānjiǎo —— 三角 sānjiǎo

出操 chūcāo —— 粗糙 cūcāo

魚翅 yúchì —— 魚刺 yúcì

收集 shōují —— 蒐集 sōují

倣造 fǎngzào —— 倣照 fǎngzhào

擦手 cāshǒu —— 插手 chāshǒu

【辨聽】（請根據錄音，在與發音相同的詞語後面打✓。）

鑽石 ____ 暫時 ____

三色 ____ 山色 ____

摘花 ____ 栽花 ____

詩人 ____ 私人 ____

師長 ____ 司長 ____

初步 ____ 粗布 ____

主力 ____ 阻力 ____

造就 ____ 照舊 ____

推遲 ____ 推辭 ____

雜記 ____ 札記 ____

終止 ____ 宗旨 ____ 春裝 ____ 村莊 ____

朗讀練習 

Zhī zhī wéi zhī zhī, bù zhī wéi bù zhī, shì wéi zhī.
知 之 為 知 之，不 知 為 不 知，是 為 知。
Sì shì sì, shí shì shí,
四 是 四，十 是 十，
Shísì shì shísì, sìshí shì sìshí,
十四 是 十四，四十 是 四十，
shuō sì shétou chù yáchǐ, shuō shí shétou bié shēn zhí.
說 四 舌 頭 觸 牙齒，說 十 舌 頭 別 伸 直。

Bù shí Lú Shān zhēn miànmù, zhǐ yuán shēn zài cǐ shān zhōng.
不 識 盧 山 真 面 目，只 緣 身 在 此 山 中。
Suī shuō shēn zài cǐ shān zhōng, quèshì yún shēn bù zhī chù.
雖 說 身 在 此 山 中，卻 是 雲 深 不 知 處。

Shǐ xiānsheng kāi chūzū,
史 先 生 開 出租，
Chí nǚshì zhù Chìzhù.
遲 女士 住 赤 柱。
Chí nǚshì jiào Shǐ xiānsheng sòng tā qù Chìzhù,
遲 女士 叫 史 先 生 送 她 去 赤 柱，
Shǐ xiānsheng qǐng Chí nǚshì zuò chūzū.
史 先 生 請 遲 女士 坐 出租。

辨聽答案

鑽石	____	暫時	✓	初步	✓	粗布	____
三色	____	山色	✓	主力	✓	阻力	____
摘花	✓	栽花	____	造就	____	照舊	✓
詩人	✓	私人	____	推遲	✓	推辭	____
師長	____	司長	✓	雜記	____	札記	✓
終止	____	宗旨	✓	春裝	____	村莊	✓

第十課　舌面音 j，q，x

本課正音重點：

- 舌面音 j，q，x 的正確發音；
- 舌面音與舌尖前音、舌尖後音的分辨。

語音講解

廣州話中，沒有舌面音 j，q，x。因此，以廣州話為母語的人往往把普通話的這三個聲母讀成舌葉音中的[tʃ]（楂），[tʃ']（查），[ʃ]（沙）。對於這三個舌面音的發音，要格外注意與 zh，ch，sh 和 z，c，s 的區別。

■ j，q，x 的發音方法

舌尖向下，抵住下齒背，保持不動；同時，舌面向上，與硬腭貼緊；然後舌面鬆一點，形成縫隙，氣流從縫隙中擠出。j 不送氣，q 送氣，x 是一種磨擦音。切忌把舌尖抬起前伸，變成了近似 z，c，s 的舌尖齒音。例如“借”和“謝”這兩個字，如果把舌尖抬起，就會唸成[tʃɛ]音。

有人借助粵語的 3 個字音“知”、“癡”、“斯”，來發普通話的聲母 j，q，x，這是不正確的。如果完全發不出普通話的 j，q，x，可以用粵語的“知”、“癡”、“斯”作為一種接近的引導，但不要誤以為這兩組音相同。其不同之處在於：普通話的聲母 j，q，x 發音時舌尖向下，緊抵住下齒背；而廣州話“知”、“癡”、“斯”的聲母是舌葉音中的[tʃ]，[tʃ']，[ʃ]，發音時，舌尖向上抬起，接觸或接近上齒齦。

另外需要注意的是，普通話聲母是 j，q，x 的字，有的在廣州話中的發音可能與 j，q，x 相差很遠。如在普通話中發聲母 j 的字，在廣州話中往往發 k 音（如："機"、"雞"、"急"、"極"、"家"、"京"等）或 k' 音（如："級"、"給"、"舅"、"決"等）。普通話 q 和 x 聲母的字在廣州話中除了發 k，j 音外，還有很多發喉音 h，如："起"、"氣"、"去"、"香"、"希"、"鹹"、"兄"等。這些都需要特別留意區別及記憶。

■ 練習方法

1. 緊記 j，q，x 是三個"舌面音"，發音時有兩個要領：第一是要將舌面隆起，緊挨近上腭的大部份面積；第二是要將舌尖下壓，使之緊貼在下門齒的背面。同時注意氣流經過舌面和上腭之間的縫隙時有磨擦。

2. 首先練習發好 x 音，因為 x 音是個擦音，比較容易體會。注意不要將 x 發成 sei 的音。練好 x 的發音，再練 j 和 q 兩個塞擦音就比較容易些了。

正音練習 

【雙音節】

j

經濟 jīngjì	解決 jiějué	接近 jiējìn	家具 jiājù
基金 jījīn	積極 jījí	拒絕 jùjué	將軍 jiāngjūn
堅決 jiānjué	加減 jiājiǎn	緊急 jǐnjí	簡潔 jiǎnjié

q

恰巧 qiàqiǎo	齊全 qíquán	祈求 qíqiú	取巧 qǔqiǎo
琴棋 qínqí	鞦韆 qiūqiān	全權 quánquán	氣球 qìqiú
欠情 qiànqíng	情趣 qíngqù	親近 qīnjìn	請求 qǐngqiú

x

詳細 xiángxì	休息 xiū · xi	細心 xìxīn	相信 xiāngxìn
新鮮 xīnxiān	想像 xiǎngxiàng	學習 xuéxí	學校 xuéxiào
現象 xiànxiàng	小心 xiǎoxīn	信息 xìnxī	虛心 xūxīn

j，q，x

機器 jīqì	餞行 jiànxíng	詳記 xiángjì	進取 jìnqǔ
心情 xīnqíng	情景 qíngjǐng	香江 Xiāngjiāng	許久 xǔjiǔ
需求 xūqiú	強勁 qiángjìng	侵襲 qīnxí	窮盡 qióngjìn

【多音節詞組】

j

急中生智 jí zhōng shēng zhì
見義勇為 jiàn yì yǒng wéi
匠心獨運 jiàngxīn dú yùn
交頭接耳 jiāo tóu jiē ěr
九霄雲外 jiǔ xiāo yún wài
絕無僅有 jué wú jǐn yǒu
舉足輕重 jǔ zú qīng zhòng
街頭巷尾 jiē tóu xiàng wěi
激情滿懷 jīqíng mǎnhuái
艱苦奮鬥 jiānkǔ fèndòu

q

起死回生 qǐ sǐ huí shēng
欺人太甚 qī rén tài shèn
氣象萬千 qìxiàng wànqiān
秋高氣爽 qiū gāo qì shuǎng
妻賢子孝 qī xián zǐ xiào
牽強附會 qiānqiǎng fùhuì
輕車熟路 qīng chē shú lù
去蕪存菁 qù wú cún jīng
情投意合 qíng tóu yì hé
前車之鑒 qián chē zhī jiàn

x

袖手旁觀 xiù shǒu páng guān
學而不厭 xué ér bù yàn
閒情逸致 xián qíng yì zhì
興風作浪 xīng fēng zuò làng
先入為主 xiān rù wéi zhǔ
修身養性 xiū shēn yǎng xìng
胸有成竹 xiōng yǒu chéng zhú
西裝革履 xīzhuāng gélǚ
心想事成 xīn xiǎng shì chéng
一廂情願 yī xiāng qíng yuàn

辨音練習 

【辨讀】

j — g

雞 jī — 該 gāi　　家 jiā — 嘎 gā　　叫 jiào — 夠 gòu

幾 jǐ —— 給 gěi	急 jí —— 哥 gē	講 jiǎng —— 崗 gǎng
究 jiū —— 勾 gōu	角 jiǎo —— 搞 gǎo	交 jiāo —— 高 gāo

q —— k

妻 qī —— 開 kāi	請 qǐng —— 肯 kěn	清 qīng —— 坑 kēng
前 qián —— 看 kàn	潛 qián —— 砍 kǎn	橋 qiáo —— 考 kǎo
勤 qín —— 啃 kěn	強 qiáng —— 扛 káng	求 qiú —— 口 kǒu

x —— s

西 xī —— 斯 sī	相 xiāng —— 喪 sàng	想 xiǎng —— 嗓 sǎng
小 xiǎo —— 掃 sǎo	些 xiē —— 塞 sāi	須 xū —— 蘇 sū
心 xīn —— 森 sēn	細 xì —— 澀 sè	姓 xìng —— 僧 sēng

x —— h

興 xīng —— 哼 hēng	向 xiàng —— 巷 hàng	獻 xiàn —— 焊 hàn
兄 xiōng —— 轟 hōng	希 xī —— 黑 hēi	香 xiāng —— 夯 hāng
蟹 xiè —— 駭 hài	限 xiàn —— 酣 hān	雄 xióng —— 宏 hóng

【辨聽】（請根據錄音，在與發音相符的詞語後面劃✓。）

白酒 _____ 白走 _____　　精兵 _____ 徵兵 _____
焦急 _____ 着急 _____　　九龍 _____ 狗籠 _____
恰好 _____ 恰巧 _____　　欺人 _____ 黑人 _____
全新 _____ 全身 _____　　修養 _____ 收養 _____
一江 _____ 一缸 _____　　圖解 _____ 塗改 _____
小姐 _____ 小者 _____　　即日 _____ 值日 _____
開槍 _____ 開窗 _____　　全部 _____ 傳佈 _____
小數 _____ 少數 _____　　電線 _____ 電扇 _____
席位 _____ 職位 _____　　休會 _____ 幽會 _____
戒指 _____ 蓋子 _____　　救人 _____ 告人 _____

朗讀練習 

Yú Měi Rén

虞 美 人

Chūnhuā qiūyuè hé shí liǎo?
春 花 秋月 何時 了?
Wǎngshì zhī duōshǎo!
往 事 知 多 少!
Xiǎo lóu zuóyè yòu dōngfēng,
小 樓 昨夜 又 東 風,
Gùguó bù kān huí shǒu yuè míng zhōng!
故國 不 堪 回 首 月 明 中!

Diāo lán yù qì yīng yóu zài,
雕 欄 玉 砌 應 猶 在,
Zhǐshì zhū yán gǎi.
只是 朱 顏 改。
Wèn jūn néng yǒu jǐduō chóu?
問 君 能 有 幾多 愁?
Qià sì yī jiāng chūnshuǐ xiàng dōng liú.
恰 似 一 江 春 水 向 東 流。

Shǎzi Fù Yàn

傻子赴宴

Yǒu yī gè shǎzi fù yàn, zài xí shang jiàndào xiánjīdàn, jiù jīngqí de
有 一 個 傻子赴 宴, 在 席 上 見到 鹹雞蛋, 就 驚奇 地

wèn: 'Zhè xiánjīdàn yīdìng shì xián mǔjī xià de ba?'
問："這 鹹雞蛋 一定 是 鹹 母雞 下 的 吧？"

Tóng zhuō de rén tīng le, xiàozhe huídá shuō: 'Zhè hái yòng wèn? Dāngrán
同 桌 的 人 聽 了，笑着 回答 說："這 還 用 問？當 然
shì le, jiù xiàng zhè tiáo táng cù xūn yú yīdìng shì zài tián suān shuǐ li zhǎngdà
是 了，就 像 這 條 糖 醋 薰 魚 一定 是 在 甜 酸 水 裡 長 大
de yīyàng!'
的 一 樣！"

辨聽答案

白酒 ✓	白走 ___	精兵 ✓	徵兵 ___
焦急 ✓	着急 ___	九龍 ✓	狗籠 ___
恰好 ___	恰巧 ✓	欺人 ___	黑人 ✓
全新 ✓	全身 ___	修養 ✓	收養 ___
一江 ✓	一缸 ___	圖解 ___	塗改 ✓
小姐 ___	小者 ✓	即日 ✓	值日 ___
開槍 ___	開窗 ✓	全部 ✓	傳佈 ___
小數 ___	少數 ✓	電線 ___	電扇 ✓
席位 ✓	職位 ___	休會 ___	幽會 ✓
戒指 ✓	蓋子 ___	救人 ✓	告人 ___

第十一課　舌尖後濁擦音 r

本課正音重點：

- 舌尖後濁擦音 r 的正確發音；
- 舌尖後濁擦音與其他聲母的分辨。

語音講解

普通話中，聲母 r 是與舌尖後清擦音 sh 相對的舌尖後濁擦音。

r 的發音部位可按下面方法找尋——舌尖翹起，抵住齒齦與硬腭的交界處，堵住氣流通道，然後舌尖略向下放開一道縫隙。發音時，氣流從縫隙中流出，聲帶顫動。

廣州話，沒有 r 這個聲母。除了個別的情況外，普通話聲母 r 的字，在廣州話中聲母都是 j，如："然"、"染"、"饒"、"惹"、"熱"、"人"、"日"、"容"、"肉"等字。不過，在廣州話中發聲母 j 的字，在普通話中，聲母卻不一定都發 r，有的是普通話的零聲母字，如："恩"、"兒"等，更有許多是帶有半聲母 y 的字，如："因"、"央"、"引"、"冶"、"寓"等。

有人在發 r 音時，常容易帶出一個韻母 u，成為 ru，在與其他韻母相拼時，也用 ru 來拼，造成錯誤讀音。如：

rǎn（染）讀成 ruǎn（軟）　　rèn（任）讀成 rùn（潤）

另外，有的學習者由於受到閩語的影響，還容易將普通話的聲母 r 唸成舌側音 l 。這也是要注意避免的。

■ 練習方法

先練習發好舌尖後清擦音 sh。發 r 音時可以先發出少許 sh 音，同時使聲帶顫動，便即可得到 r 音。發音時，注意舌尖與上腭的磨擦不要太重。

正音練習

【單音節】

然 rán	染 rǎn	嚷 rǎng	人 rén	日 rì
讓 ràng	饒 ráo	惹 rě	扔 rēng	忍 rěn
絨 róng	容 róng	軟 ruǎn	肉 ròu	融 róng
如 rú	銳 ruì	入 rù	若 ruò	閏 rùn

【雙音節】

柔軟 róuruǎn	容忍 róngrěn	軟弱 ruǎnruò
忍讓 rěnràng	仍然 réngrán	荏苒 rěnrǎn
任人 rènrén	熔融 róngróng	榮辱 róngrǔ

【多音節】

讓步 ràngbù	忍耐 rěnnài	任期 rènqī
人稱 rénchēng	任憑 rènpíng	入學 rùxué
融解 róngjiě	日光 rìguāng	熱氣 rèqì
如果 rúguǒ	肉餅 ròubǐng	繞道 ràodào
人士 rénshì	惹事 rěshì	銳利 ruìlì

辨音練習

【辨讀】

r —— l

不熱 bùrè —— 不樂 bùlè　　　　出入 chūrù —— 出路 chūlù

崢嶸 zhēngróng —— 蒸籠 zhēnglóng　　日子 rì · zi —— 例子 lì · zi

天然 tiānrán —— 天藍 tiānlán　　入地 rùdì —— 陸地 lùdì

乳汁 rǔzhī —— 鹵汁 lǔzhī

r —— y

日本 Rìběn —— 一本 yīběn　　儒家 rújiā —— 漁家 yújiā

熱天 rètiān —— 夜天 yètiān　　冗長 rǒngcháng —— 永長 yǒngcháng

柔滑 róuhuá —— 油滑 yóuhuá　　熔斷 róngduàn —— 用斷 yòngduàn

人為 rénwéi —— 因為 yīnwèi　　軟弱 ruǎnruò —— 圓月 yuányuè

【辨聽】（請根據錄音，在與發音相符的字旁劃✓。）

然 ____ 炎 ____　　染 ____ 演 ____

央 ____ 讓 ____　　饒 ____ 搖 ____

熱 ____ 夜 ____　　銀 ____ 仁 ____

認 ____ 淫 ____　　仍 ____ 盈 ____

日 ____ 易 ____　　容 ____ 擁 ____

又 ____ 肉 ____　　油 ____ 柔 ____

如 ____ 魚 ____　　軟 ____ 遠 ____

野 ____ 惹 ____　　咬 ____ 擾 ____

朗讀練習

Jīnrì Jì Dòng Tǔ
今日忌動土

Fù: Jīntiān wǒ yào chū mén, qù chácha rìlì kànkan jīntiān shìbushì jílì rìzi.

父：今天我要出門，去查查日曆，看看今天是不是吉利日子。

Zǐ: Bàba, rìlì shàng shuō 'Jīnrì jì chū mén'.

子：爸爸，日曆上說"今日忌出門"。

Fù: Bù xíng, jīntiān wǒ yǒu yuēhuì, jìrì yě yào qù. Rúguǒ jīntiān jì chū 'mén',

父：不行，今天我有約會，忌日也要去。如果今天忌出"門"，

nà wǒ jiù zài qiáng shàng záo gè dòng chūqu.

那 我 就 在 牆 上 鑿 個 洞 出 去。

(Fùqin zài qiáng shàng záo dòng ér chū, shēnzi tànchū yībàn shí, qiáng tūrán

(父 親 在 牆 上 鑿 洞 而 出，身 子 探 出 一 半 時，牆 突然

dǎotā, rén bèi máizài tǔ li.)

倒塌，人 被 埋 在 土 裡。)

Fù: Shǎguā! Bié guāng zhànzhe kàn rè'nao, hái bù kuàidiǎnr bǎ wǒ wā

父：傻 瓜！別 光 站 着 看 熱 鬧，還 不 快 點兒 把 我 挖

chulai, wǒ shòubùliǎo le!

出 來，我 受 不 了 了！

Zǐ: Bàba, shízài duìbuqǐ, rìlì shàng shuō, 'Jīnrì jì dòng tǔ', zhǐhǎo děng

子：爸爸，實 在 對不起，日曆 上 說，"今日 忌 動 土"，只 好 等

míngtiān le, qǐng nín rěn yi rěn ba.

明 天 了，請 您 忍 一 忍 吧。

辨聽答案

然 ___ 炎 _✓_

央 _✓_ 讓 ___

熱 ___ 夜 _✓_

認 _✓_ 淫 ___

日 ___ 易 _✓_

又 _✓_ 肉 ___

如 _✓_ 魚 ___

野 ___ 惹 _✓_

染 _✓_ 演 ___

饒 _✓_ 搖 ___

銀 ___ 仁 _✓_

仍 ___ 盈 _✓_

容 ___ 擁 _✓_

油 _✓_ 柔 ___

軟 ___ 遠 _✓_

咬 _✓_ 擾 ___

第十二課　舌面後擦音 h 和齒唇清擦音 f

本課正音重點：

- 舌面後清擦音 h 的正確發音；
- 齒唇清擦音 f 的正確發音；
- h 與 f 的分辨。

語音講解

普通話和廣州話中都有聲母 h。但是，發音部位有所不同。廣州話中的 h，是喉擦音，發音部位向後；而普通話中的 h，卻是舌面後擦音（也稱“舌根擦音”），發音部位向上向前大大移動，用國際音標表示時，是〔x〕。

另外，發普通話的聲母 h 音時，舌後縮，舌根高抬，和軟腭相接近，但並不與軟腭相接觸。如果在發這個音時，將舌根與軟腭相碰，形成堵塞的塞擦音，便會發出似聲母 k 或 g 的聲音。這是以廣州話為母語的學習者要格外注意避免的。

聲母 f 是普通話中唯一的齒唇清擦音，發音並不算難。但問題是，廣州話中許多聲母是 f 的字，在普通話中，聲母是 h，例如：“虎”、“花”、“歡”、“荒”、“灰”、“賄”、“婚”、“火”、“貨”等字。這就導致許多香港人常把普通話中聲母是 h 的字錯讀成 f 聲母。

還需要留意的是，一些在廣州話中，聲母發 W 的字，在普通話中，它的聲母也是 h，如：“湖”、“户”、“還”、“和”、“横”、“宏”、“胡”、“華”、

"懷"、"環"、"幻"、"黃"等。

■ 練習方法

(1) 聲母 h 的發音，可以首先練習發出廣州話的喉音 h，然後試將舌根逐漸上提，直到舌根接近硬腭和軟腭的交界處，但不要觸到軟腭，同時可感到氣流在舌根與軟硬腭之間的縫隙中有明顯的磨擦聲，就可以得到普通話的 h 音了。

(2) f 的發音比較容易。下唇向上門齒靠近，氣流從下唇和上齒的間隙中磨擦而成聲。誇張一些説，這個音是咬唇音，即上齒咬下唇，但要注意的是，在發這個音時，上齒並沒有真的"咬"住下唇，而僅是輕觸下唇的內側而已。

正音練習 

【單音節】

h

哈 hā	喝 hē	河 hé	海 hǎi	還 hái
害 hài	憨 hān	行 háng	號 hào	好 hǎo
黑 hēi	恆 héng	轟 hōng	後 hòu	呼 hū
花 huā	化 huà	歡 huān	換 huàn	黃 huáng
灰 huī	昏 hūn	火 huǒ	和 hé	惑 huò

f

風 fēng	發 fā	非 fēi	分 fēn	放 fàng
伏 fú	佛 fó	反 fǎn	肥 féi	赴 fù

【雙音節】

h

航海 hánghǎi	荷花 héhuā	歡呼 huānhū
黃河 Huáng Hé	繪畫 huìhuà	渾厚 húnhòu
含混 hánhùn	豪華 háohuá	好漢 hǎohàn
合夥 héhuǒ	緩和 huǎnhé	後患 hòuhuàn
呼喊 hūhǎn	互惠 hùhuì	花卉 huāhuì

皇后 huánghòu　　揮霍 huīhuò　　悔恨 huǐhèn
混合 hùnhé　　火花 huǒhuā　　禍害 huòhài

f

發憤 fāfèn　　反覆 fǎnfù　　方法 fāngfǎ
肺腑 fèifǔ　　芬芳 fēnfāng　　豐富 fēngfù
奮發 fènfā　　夫婦 fūfù　　彷彿 fǎngfú

f —— h

發揮 fāhuī　　妨害 fánghài　　奉還 fènghuán
符號 fúhào　　風化 fēnghuà　　復活 fùhuó
發慌 fāhuāng　　憤恨 fènhèn　　腐化 fǔhuà
附和 fùhè　　鳳凰 fènghuáng　　風寒 fēnghán
防護 fánghù　　繁華 fánhuá　　緋紅 fēihóng
返航 fǎnháng　　飯盒 fànhé　　烽火 fēnghuǒ

h —— f

海防 hǎifáng　　合法 héfǎ　　豪放 háofàng
何妨 héfáng　　耗費 hàofèi　　橫幅 héngfú
後方 hòufāng　　劃分 huàfēn　　化肥 huàféi
恢復 huīfù　　煥發 huànfā　　伙房 huǒfáng

辨音練習 

【辨讀】

g —— h

剛好 gānghǎo　　光滑 guānghuá　　溝壑 gōuhè
光輝 guānghuī　　感化 gǎnhuà　　國畫 guóhuà
共和 gònghé　　改行 gǎiháng　　更換 gēnghuàn
公海 gōnghǎi　　改悔 gǎihuǐ　　隔閡 géhé
關懷 guānhuái　　公函 gōnghán　　規劃 guīhuà
工會 gōnghuì　　幹活 gànhuó　　歸還 guīhuán

k —— h

坑害 kēnghài	空話 kōnghuà	狂歡 kuánghuān
看護 kānhù	開花 kāihuā	開會 kāihuì
考核 kǎohé	可恨 kěhèn	刻畫 kèhuà
口號 kǒuhào	枯黃 kūhuáng	快活 kuài · huo

h —— w

華 huá —— 娃 wá	話 huà —— 襪 wà
會 huì —— 謂 wèi	或 hùo —— 我 wǒ
黃 huáng —— 王 wáng	換 huàn —— 腕 wàn
回 huí —— 圍 wéi	混 hùn —— 問 wèn
護 hù —— 勿 wù	環 huán —— 完 wán

【辨聽】（請根據錄音，在與發音相符的詞語後面劃✓。）

飯碗 ____ 換碗 ____	犯人 ____ 換人 ____
理化 ____ 理髮 ____	開發 ____ 開花 ____
呼人 ____ 夫人 ____	虎頭 ____ 斧頭 ____
黃帝 ____ 王帝 ____	環結 ____ 完結 ____
廢話 ____ 會話 ____	舒服 ____ 疏忽 ____
紛亂 ____ 昏亂 ____	富麗 ____ 互利 ____
花生 ____ 發生 ____	揮舞 ____ 飛舞 ____
湖水 ____ 無水 ____	開會 ____ 開胃 ____
護理 ____ 物理 ____	户主 ____ 物主 ____
弧度 ____ 無度 ____	互惠 ____ 誤會 ____
壞人 ____ 外人 ____	老黃 ____ 老王 ____

朗讀練習 

Shùnkǒuliū
順口溜

Cóng Húnán, zuò huǒchē,
從 湖南，坐 火 車，
Jìn Luóhú, yào guò hé;
進 羅湖，要 過 河；
Chéng chuán piāo hǎi dào Méiwō,
乘 船 飄 海 到 梅 窩，
Wèi hé hái wèi jiàn Dà Fó.
為 何 還 未 見 大 佛。

Zuì Hóur
醉 猴兒

Yǒu rén mǎile yī zhī hóur, gěi tā chuān yī dài mào, jiāo tā xíng lǐ. Hóur xué
有 人 買了一隻 猴兒，給 牠 穿 衣 戴 帽，教 牠 行 禮。猴兒 學
de hěn kuài. Yī tiān, zhǔrén shè jiǔ yàn kè, ràng hóur chūlai biǎoyǎn. Hóur
得 很 快。一 天，主人 設 酒 宴 客，讓 猴兒 出來 表 演。猴兒
bīnbīn yǒu lǐ, fēngdù piānpiān. Kèrénmen hěn gāoxìng, jiù shǎng jiǔ gěi hóur hē.
彬彬 有禮，風度 翩翩。客人們 很 高興，就 賞 酒給 猴兒喝。
shéi zhī nà hóur hēle jiǔ dà zuì, biàn tuō qu yīmào, mǎn dì dǎ gǔn. Kèrén dà
誰 知 那猴兒 喝了 酒 大 醉，便 脱 去 衣帽，滿 地 打 滾。客人大
xiào, shuō: 'Zhè hóur bù hē jiǔ hái xiàng gè rén, yī hē jiǔ jiù méile rényàngr le!'
笑，説：“這 猴兒 不喝 酒 還 像 個人，一喝 酒 就 沒了 人 樣兒 了！”

辨聽答案

飯碗 ✓	換碗 ___	犯人 ___	換人 ✓
理化 ___	理髮 ✓	開發 ___	開花 ✓
呼人 ___	夫人 ✓	虎頭 ___	斧頭 ✓
黃帝 ✓	王帝 ___	環結 ✓	完結 ___
廢話 ___	會話 ✓	舒服 ✓	疏忽 ___
紛亂 ___	昏亂 ✓	富麗 ___	互利 ✓
花生 ✓	發生 ___	揮舞 ___	飛舞 ✓
湖水 ✓	無水 ___	開會 ✓	開胃 ___
護理 ✓	物理 ___	户主 ___	物主 ✓
弧度 ___	無度 ✓	互惠 ✓	誤會 ___
壞人 ___	外人 ✓	老黃 ✓	老王 ___

第十三課　零聲母
起始音 a, o, e 及 y, w

本課正音重點：

- 零聲母的發音；
- 半聲母 y 和 w 的發音。

語音講解

零聲母也是一種聲母，“零”不等於“無”。

由於在普通話的“零聲母”音節中，聲母所含有的輔音成份較弱，不易被覺察，同時這種成份也沒有辨義的作用，所以稱這種音節為“零聲母”。

許多方言在讀零聲母時都在前面加上一個輔音，最常見的是加上前鼻音 n 和後鼻音 ng，有的方言地區還會加上齒唇音 v。香港人由於受到廣州話的影響，在說普通話的零聲母的字音時，也往往加上一個明顯的後鼻音 ng，如把“我”讀為 ngo，把“安”讀為 ngan。這是要注意避免的。因為普通話零聲母的音節的輔音因素是沒有那麼明顯的。

■ 普通話的零聲母有兩種

開口呼零聲母 —— 以 a，o，e 這三個音起頭的零聲母，如：“啊”、“歐”、“額”等字；

非開口呼零聲母 —— 以 i，u，ü 這三個音起頭的零聲母，如：“呀”、

"危"、"漁"等字。

■ 以 a，o，e 開頭的零聲母在發音時一般有兩種起始方式

一種是以喉塞音開始，另一種是以軟腭通音、舌面後或喉擦音開始。

發音用力時，多用前一種方式；發音較輕時，則用後一種方式。由於喉塞音作為起始音的情況比較多，而且發音比較清晰，所以在正音練習時可以用這種起始方法練習為主。

以喉塞音作起始音的發音方法是，發音起始時處於聲帶處的聲門是緊閉的，發音時突然放開，在喉部形成一種輕微的爆破音而發出零聲母。換句話說，以 a，o，e 起始的零聲母在發音時，前面加了一個喉塞音的輔音成份。以嘆詞中的"啊"為例，氣流必須衝破喉部閉塞的聲門才能突發出來。否則單是 a 音本身很難有個清晰的開頭。但在以漢語拼音注音時，這個喉塞音並沒有標示出來。但要注意的是，這個作為起始的喉塞音，不能發成舌根軟腭的後鼻音 ng。

以 i，u，ü 起頭的零聲母，在發音起始階段則有輕微的磨擦音。這裡又有兩種情況：

第一，以 i 和 u 開頭的零聲母，其起始音是舌面硬腭之間的一種擦音，所以漢語拼音方案規定，以這兩個音開頭的零聲母寫做 y、w；

第二，以 ü 開頭的零聲母，其起始音是雙唇間的一種擦音，所以漢語拼音以 yu 來表示。

注意，y 和 w 是半元音，而半元音屬輔音。目前，香港地區和內地一些普通話教科書將 y 和 w 作為聲母來教學是有一定道理的。但要注意的是，廣州話中也有 y 和 w 這兩個音，不過，普通話零聲母的 y 和 w 發音時，磨擦程度要比廣州話中的 y，w 要輕得多。

正音練習 

a

安全 ānquán	暗淡 àndàn	鏖戰 áozhàn
傲骨 àogǔ	愛護 àihù	哀愁 āichóu
岸邊 ànbiān	翱翔 áoxiáng	矮小 ǎixiǎo

o

歐洲 Ōuzhōu	偶然 ǒurán	藕粉 ǒufěn
毆打 ōudǎ	嘔心 ǒuxīn	慪氣 òuqì
謳歌 ōugē	漚肥 òuféi	偶數 ǒushù

e

額頭 étóu	鵝蛋 édàn	娥眉 éméi
兒歌 érgē	扼要 èyào	恩愛 ēn'ài
訛騙 épiàn	愕然 è'rán	遏止 èzhǐ

y

淹沒 yānmò	業餘 yèyú	嚴厲 yánlì
毅力 yìlì	夜晚 yèwǎn	陰暗 yīn'àn
遺產 yíchǎn	冶金 yějīn	疑問 yíwèn

w

完美 wánměi	萬物 wànwù	往事 wǎngshì
烏雲 wūyún	威武 wēiwǔ	衛星 wèixīng
温泉 wēnquán	問候 wènhòu	誤會 wùhuì

y

語言 yǔyán	原野 yuányě	岳父 yuèfù
玉石 yùshí	雲煙 yúnyān	月夜 yuèyè
韻味 yùnwèi	園丁 yuándīng	粵語 Yuèyǔ

辨音練習 

【辨讀】

愛不釋手 ài bù shì shǒu	咬牙切齒 yǎo yá qiè chǐ
外強中乾 wài qiáng zhōng gān	我行我素 wǒ xíng wǒ sù
眼高手低 yǎn gāo shǒu dī	五顏六色 wǔ yán liù sè
臥薪嘗膽 wò xīn cháng dǎn	傲氣十足 àoqì shízú

【辨聽】（判斷錄音帶裡含零聲母的字，其讀音是否正確。正確者，在該詞語後劃✓；錯誤者，則在該詞語後劃×。）

矮小 ____	武器 ____	愛惜 ____	藝術 ____
樂曲 ____	眼睛 ____	醒悟 ____	海外 ____
咬牙 ____	顏料 ____	危險 ____	海岸 ____
強硬 ____	中午 ____	銀行 ____	元月 ____
棉襖 ____	研究 ____	實驗 ____	雅致 ____

朗讀練習 

Yán Sè (Érgē)
顏 色（兒歌）

Yánsè yánsè zhēn qíguài,
顏色顏色 真 奇怪，
Pèi de hǎo, zhēn kě'ài,
配 得 好， 真 可 愛，
Pèi bù hǎo, xiàng yāoguài.
配 不 好， 像 妖 怪。

Méi Zuò de Shì
沒 做 的事

Zǎoxùn de shíhou, yǒu liǎng gè tóngxué bù shǒu jìlǜ, zài xiàmian zìyóu
早 訓 的 時 候， 有 兩 個 同 學 不 守 紀律、在 下 面 自 由
shuōhuà. Lǎoshī diǎnle tāliǎ de míngzi. Kěshì qízhōng yī gè tóngxué bù fúqì,
說 話。老 師 點 了 他倆 的 名 字。可 是 其 中 一 個 同 學 不 服氣，
biànjiě shuō zìjǐ yī shēng méi kēng, zhǐshì zài tīng biéren shuōhuà éryǐ.
辯 解 說 自己一 聲 沒 吭， 只 是 在 聽 別 人 說 話 而已。

Lǎoshī shífēn shēngqì, shuō: 'Nǐ yǐwéi wǒ méi kànjian? Nǐmenliǎ zài yīqǐ
老師十分生氣，說："你以為我沒看見？你們倆在一起
dīgu hǎo cháng shíjiān le.' Jiēzhe, lǎoshī miàn xiàng quán bān tóngxué, dà shēng
嘀咕好長時間了。"接着，老師面向全班同學，大聲
shuō: 'Zuòle de shì, jiù yào shòu pīpíng.'
說："做了的事，就要受批評。"

Zhèshí, yī gè ǎi gèr tóngxué jǔqǐ shǒu lái.
這時，一個矮個兒同學舉起手來。

Lǎoshī wèn: 'Shénme shì?'
老師問："甚麼事？"

Ǎi gèr tóngxué zhàn qilai, tūntūntǔtǔ de wèndào: 'Yàoshi méi zuò de shì, shì bù shì jiù bù yīngdāng shòu pīpíng le?'
矮個兒同學站起來，吞吞吐吐地問道："要是沒做的事，是不是就不應當受批評了？"

Lǎoshī diǎndiǎn tóu, kěndìng de shuō: 'Nà dāngrán.'
老師點點頭，肯定地說："那當然。"

Ǎi gèr tóngxué rú shì zhòng fù, gāoxìng de shuō: 'Tài hǎo le! Zuótiān nín gěi de gōngkè, wǒ yī diǎnr dōu méi zuò!'
矮個兒同學如釋重負，高興地說："太好了！昨天您給的功課，我一點兒都沒做！"

辨聽答案

矮小 ×　武器 ×
樂曲 ✓　眼睛 ×
咬牙 ✓　顏料 ×
強硬 ✓　中午 ✓
棉襖 ✓　研究 ×

愛惜 ×　藝術 ✓
醒悟 ✓　海外 ✓
危險 ✓　海岸 ✓
銀行 ✓　元月 ✓
實驗 ×　雅致 ×

練習二　聲母綜合練習

正音練習 

※ 唇音 b，p，m，f

b	標本 biāoběn	褒貶 bāobiǎn	奔波 bēnbō
p	批評 pīpíng	偏僻 piānpì	乒乓 pīngpāng
m	美滿 měimǎn	明媚 míngmèi	彌漫 mímàn
f	方法 fāngfǎ	吩咐 fēnfù	芬芳 fēnfāng

※ 舌尖中音 d，t，n，l

d	道德 dàodé	等待 děngdài	擔當 dāndāng
t	淘汰 táotài	吞吐 tūntǔ	團體 tuántǐ
n	牛奶 niúnǎi	泥濘 nínìng	惱怒 nǎonù
l	理論 lǐlùn	勞碌 láolù	拉攏 lālǒng

※ 舌面後音 g，k，h

g	改革 gǎigé	鞏固 gǒnggù	高閣 gāogé
k	刻苦 kèkǔ	慷慨 kāngkǎi	可靠 kěkào
h	歡呼 huānhū	輝煌 huīhuáng	合夥 héhuǒ

※ 舌面音 j，q，x

j	境界 jìngjiè	獎金 jiǎngjīn	季節 jìjié
q	親切 qīnqiè	氣球 qìqiú	情趣 qíngqù
x	詳細 xiángxì	形象 xíngxiàng	虛心 xūxīn

※ 舌尖後音 zh，ch，sh，r

zh	珍珠 zhēnzhū	真摯 zhēnzhì	紙張 zhǐzhāng
ch	長城 Chángchéng	出差 chūchāi	查抄 cháchāo
sh	山水 shānshuǐ	燒傷 shāoshāng	神聖 shénshèng

r	仍然 réngrán	忍讓 rěnràng	仁人 rénrén

※ 舌尖前音 z，c，s

z	自在 zì · zai	總則 zǒngzé	祖宗 zǔ · zong
c	猜測 cāicè	參差 cēncī	粗糙 cūcāo
s	訴訟 sùsòng	思索 sīsuǒ	瑣碎 suǒsuì

※ 零聲母 a，o，e，i，u，ü

a	傲岸 ào'àn	昂揚 ángyáng	暗淡 àndàn
o	歐陽 Ōuyáng	嘔吐 ǒutù	偶然 ǒurán
e	恩愛 ēn'ài	餓肚 èdù	扼殺 èshā
i	依舊 yījiù	炎熱 yánrè	引導 yǐndǎo
u	往事 wǎngshì	五臟 wǔzàng	我們 wǒ·men
ü	魚群 yúqún	雲彩 yún·cai	原作 yuánzuò

辨音練習 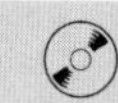

【辨讀】

b —— p

補寫 bǔxiě —— 譜寫 pǔxiě

伯伯 bó · bo —— 婆婆 pó · po

飽了 bǎo · le —— 跑了 pǎo · le

d —— t

肚子 dù · zi —— 兔子 tù · zi

膽子 dǎn · zi —— 毯子 tǎn · zi

蹲下 dūnxià —— 吞下 tūnxià

g —— k

怪了 guài · le —— 快了 kuài · le

幹着 gàn · zhe —— 看着 kàn · zhe

米缸 mǐgāng —— 米糠 mǐkāng

h —— k

壞話 huàihuà —— 快話 kuàihuà

航海 hánghǎi —— 慷慨 kāngkǎi

喝水 hēshuǐ —— 瞌睡 kēshuì

h —— f

航空 hángkōng —— 防空 fángkōng

開花 kāihuā —— 開發 kāifā

發揮 fāhuī —— 化肥 huàféi

h —— w

黃先生 Huáng xiān·sheng —— 王先生 Wáng xiān·sheng

湖水 húshuǐ —— 無水 wúshuǐ

會議 huìyì —— 唯一 wéiyī

n —— l

女客 nǚkè —— 旅客 lǚkè

泥巴 ní·ba —— 籬笆 lí·ba

大怒 dànù —— 大路 dàlù

zh —— z

知心 zhīxīn —— 自信 zìxìn

秩序 zhìxù —— 自序 zìxù

主力 zhǔlì —— 阻力 zǔlì

ch —— c

一程 yīchéng —— 一層 yīcéng

魚翅 yúchì —— 魚刺 yúcì

不遲 bùchí —— 不辭 bùcí

sh —— s

商業 shāngyè —— 桑葉 sāngyè

不少 bùshǎo —— 不掃 bùsǎo

詩人 shīrén —— 私人 sīrén

r —— y —— l

熱 rè —— 夜 yè —— 樂 lè

入 rù —— 預 yù —— 綠 lǜ

仁 rén —— 銀 yín —— 林 lín

j — q — x

嬌 jiāo — 敲 qiāo — 蕭 xiāo

見 jiàn — 歉 qiàn — 現 xiàn

基 jī — 欺 qī — 希 xī

【辨聽】（請根據錄音，為下列詞語標上正確的聲母。）

顧 ____ ù 念 ____ iàn	苦 ____ ǔ 戀 ____ iàn
男 ____ án 褲 ____ ù	攔 ____ án 護 ____ ù
防 ____ áng 衛 ____ èi	荒 ____ uāng 廢 ____ èi
偷 ____ ōu 油 ____ óu	鬥 ____ òu 牛 ____ iú
飛 ____ ēi 魚 ____ ú	黑 ____ ēi 雨 ____ ǔ
互 ____ ù 利 ____ i	富 ____ ù 麗 ____ ì
三 ____ ān 角 ____ iǎo	山 ____ ān 腳 ____ iǎo
站 ____ àn 台 ____ ái	箭 ____ iàn 袋 ____ ài
橋 ____ iáo 亭 ____ íng	朝 ____ áo 廷 ____ íng
嚴 ____ án 肅 ____ ù	延 ____ án 續 ____ ù
照 ____ ào 相 ____ iàng	交 ____ iāo 上 ____ àng
柔 ____ óu 軟 ____ uǎn	有 ____ ǒu 眼 ____ ǎn
安 ____ ān 全 ____ uán	難 ____ án 全 ____ uán
詞 ____ í 典 ____ iǎn	起 ____ ǐ 點 ____ iǎn
市 ____ ì 場 ____ ǎng	西 ____ ī 牆 ____ iáng

朗讀練習 

Fēng Qiáo Yè Bó
楓　橋 夜 泊

Yuè luò wū tí shuāng mǎn tiān,
月 落 烏啼 霜　滿 天，
Jiāng fēng yú huǒ duì chóu mián.
江　楓 漁 火 對 愁　眠。

Gūsū chéng wài Hánshān Sì,
姑蘇城外寒山寺，
Yè bàn zhōngshēng dào kèchuán.
夜半鐘聲到客船。

Shí Jiān
時間

'Shìjiè shang shénme dōngxi shì zuì cháng de yòu shì zuì duǎn de, zuì duō de yòu shì zuì shǎo de, zuì kuài de yòu shì zuì màn de, zuì bù shòu zhòngshì de, yòu shì zuì zhēnguì de? Tā shǐ yīqiè miǎoxiǎo de dōngxi guīyú xiāoshī, tā shǐ yīqiè wěidà de dōngxi chéngwèi yǒnghéng?' Fǎguó sīxiǎngjiā Fú'ěrtài de zhè duàn míyǔ céngjīng bǎ duōshao xuézhě nán dǎo.
"世界上甚麼東西是最長的又是最短的，最多的又是最少的，最快的又是最慢的，最不受重視的，又是最珍貴的？它使一切渺小的東西歸於消失，它使一切偉大的東西成為永恆？"法國思想家伏爾泰的這段謎語曾經把多少學者難倒。

Qīn'ài de péngyou, nǐ yě dòngdong nǎozi cāicai zhè shì hé zhǒng zhēnbǎo?
親愛的朋友，你也動動腦子猜猜這是何種珍寶？
Ràng wǒ gàosu nǐ ba, zhè jiùshì shíjiān.
讓我告訴你吧，這就是時間。

辨聽答案

顧 gù 念 niàn
男 nán 褲 kù
防 fáng 衛 wèi
偷 tōu 油 yóu
飛 fēi 魚 yú
苦 kǔ 戀 liàn
攔 lán 護 hù
荒 huāng 廢 fèi
鬥 dòu 牛 niú
黑 hēi 雨 yǔ

互 hù 利 lì
三 sān 角 jiǎo
站 zhàn 台 tái
橋 qiáo 亭 tíng
嚴 yán 肅 sù
照 zhào 相 xiàng
柔 róu 軟 ruǎn
安 ān 全 quán
詞 cí 典 diǎn
市 shì 場 chǎng

富 fù 麗 lì
山 shān 腳 jiǎo
箭 jiàn 袋 dài
朝 cháo 廷 tíng
延 yán 續 xù
交 jiāo 上 shàng
有 yǒu 眼 yǎn
難 nán 全 quán
起 qǐ 點 diǎn
西 xī 牆 qiáng

單元三・普通話韻母正音

第十四課　單韻母 a, o, e, i, u, ü

本課正音重點：

■ 單韻母 a, o, e, i, u, ü 的正確發音。

語音講解

在普通話的語音系統中，單韻母共有 10 個：

a，o，e，ê，i，u，ü，-i（前），-i（後），er

在這 10 個單韻母中，有 4 個較為特殊。ê 是個舌位前中的不圓唇音，整體發音部位介乎於 a 和 e 之間。這個韻母很少單獨使用。普通話中只有語氣詞“欸”發這個音（此外，在複韻母 ie 和 üe 中，也有這個音，詳後）。

-i（前）和 -i（後）是兩個舌尖元音。-i（前）是舌尖前音，只出現在聲母z，c，s之後；-i（後）是舌尖後音，僅出現在聲母 zh，ch，sh，r 之後。這兩個韻母不能單獨使用，必須與 z，c，s 或 zh，ch，sh，r 合用。實際上，在發 z，c，s 或 zh，ch，sh，r 時，只要聲帶振動出聲，自然可得到這兩個韻母，不必特別單獨學習。

er 是捲舌元音，與其他的單韻母發音略有不同。下一課專門學習，本課從略。

a，o，e，i，u，ü 這六個單韻母，都是由單純元音構成的。元音的發音有其共同特點：聲帶振動，氣流到達口腔，不受任何阻礙，經過舌頭和唇形狀態的調節變化，使共鳴腔（主要是口腔）造成不同的共鳴，產生不同的音色。

■ 單韻母 a 的發音

口大開，舌面平展而舌後部微微隆起，聲帶自然振動。

注意，a 是單韻母中開口度最大的，若口開得不夠大，就變成另外的韻母的發音。

■ 單韻母 o 的發音

單韻母 o 發音時，口型是自然攏圓的；其他發音部位的情況都與單韻母 a 發音十分近似。

■ 單韻母 e 的發音（廣州話中沒有這個韻母）

e 是舌位後半高的不圓唇元音。口半閉，嘴角向兩邊微展，舌身後縮，舌尖離下齒背較遠，舌面後部稍隆起，和軟腭相對。發音時聲帶顫動，軟腭略上升，並關閉鼻腔通道。發這個音的要領有兩個，第一是嘴唇向兩邊自然展開，不要圓唇，上下唇之間距離約一食指寬；第二是舌頭自然後縮，略向上抬，放鬆。

只要在發 o 音時將雙唇向兩邊展開，即可得到單韻母 e 。這兩個韻母的主要差別在於一個圓唇，一個不圓唇。

■ 單韻母 i 的發音

i 是不圓唇的前高元音。發音時，口開得很小，上下門齒接近，舌位高；舌尖前伸抵住下齒背；唇形不圓，呈扁平狀。

■ 單韻母 ü 的發音（廣州話中沒有這個韻母）

ü 是舌位前高的圓唇元音。廣州話中的[oe]音（如“去[hoey]”字的韻母）與普通話的 ü 有些接近，但完全不同。發普通話的 ü 音時的要點是兩唇圓攏，並向前突出。舌位與發單韻母 i 相同，都是舌尖抵下齒背，舌面前部隆起。由於單韻母 i 音發起來並不困難，廣州話中也有這個音，所以，練習 ü 的發音時，可先發出單韻母 i，然後保持舌位不動，將雙唇收攏圓，略向前突；唇間僅留一個扁圓小孔，即可得到單韻母 ü。

■ 單韻母 u 的發音

在發 ü 時舌位後縮，便成為另一個單韻母 u 了。

簡言之，i，u，ü 這三個單韻母在發音時的異同處是：i 與 ü 的舌位相同，都是前高位，但唇形不同，i 雙唇扁平，而 ü 是圓唇，並向前突；u 與 ü 的唇形相同，都是圓的，但舌位不同，ü 的舌位向前，而 u 的舌位後縮。

正音練習 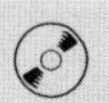

a

打靶 dǎbǎ	大廈 dàshà	沙發 shāfā	發達 fādá
耷拉 dā·la	哈達 hǎdá	馬達 mǎdá	拿它 nátā

o

伯伯 bó·bo	婆婆 pó·po	默默 mòmò	勃勃 bóbó
潑墨 pōmò	脈脈 mòmò	薄膜 bómó	破砵 pòbō

e

車轍 chēzhé	隔閡 géhé	各個 gègè	合格 hégé
客車 kèchē	色澤 sèzé	捨得 shě · de	苛刻 kēkè

i

積極 jījí	禮儀 lǐyí	氣體 qìtǐ	提議 tíyì
習題 xítí	洗滌 xǐdí	啟迪 qǐdí	儀器 yíqì

u

補助 bǔzhù	故土 gùtǔ	部署 bùshǔ	夫婦 fūfù
古書 gǔshū	孤獨 gūdú	路途 lùtú	疏忽 shū·hu

ü

序曲 xùqǔ	玉宇 yùyǔ	雨具 yǔjù	寓居 yùjū
須臾 xūyú	區域 qūyù	豫劇 yùjù	綠玉 lǜyù

u —— ü

烏魚 wūyú	佈局 bùjú	處女 chǔnǚ	儲蓄 chǔxù
舞劇 wǔjù	不許 bùxǔ	賦予 fùyǔ	複句 fùjù

i —— ü

繼續 jìxù	謎語 míyǔ	體育 tǐyù	紀律 jìlǜ
履歷 lǚlì	語氣 yǔqì	曲藝 qǔyì	具體 jùtǐ

o —— e

墨盒 mòhé	破格 pògé	波折 bōzhé	薄荷 bò·he
折磨 zhémó	刻薄 kēbó	隔膜 gémó	胳膊 gē·bo

辨音練習 

【辨讀】

a —— e

他 tā —— 特 tè
拉 lā —— 樂 lè
卡車 kǎchē —— 客車 kèchē
哈 hā —— 喝 hē
達 dá —— 德 dé
查問 cháwèn —— 扯問 chěwèn

o —— ou —— ao

坡 pō —— 剖 pōu
波 bō —— 包 bāo
大伯 dàbó —— 大雹 dàbáo
佛 fó —— 否 fǒu
跛 bǒ —— 飽 bǎo
逃走 táozǒu —— 偷棗 tōuzǎo

e —— ai —— i

賀 hè —— 海 hǎi
惹 rě —— 也 yě
顏色 yánsè —— 艷絲 yànsī
顆 kē —— 開 kāi
和 hé —— 孩 hái
青蛇 qīngshé —— 傾斜 qīngxié

i —— ei —— ai

避 bì —— 背 bèi
地 dì —— 帶 dài
皮球 píqiú —— 排球 páiqiú
秘 mì —— 妹 mèi
裡 lǐ —— 壘 lěi
閉口 bìkǒu —— 敗寇 bàikòu

u —— ou —— ao

蘇 sū —— 搜 sōu
樹 shù —— 絮 xù
大度 dàdù —— 大豆 dàdòu
普 pǔ —— 跑 pǎo
乳 rǔ —— 雨 yǔ
圖書 túshū —— 偷書 tōushū

ü —— ui —— ei

許 xǔ —— 毀 huǐ
驢 lǘ —— 雷 léi
必須 bìxū —— 必隨 bìsuí
居 jū —— 歸 guī
去 qù —— 會 huì
聚會 jùhuì —— 貴會 guìhuì

【辨聽】（請根據錄音，在與發音相符的詞語後面劃✓。）

比方 ____	北方 ____	手臂 ____	手背 ____
流利 ____	流淚 ____	迷藏 ____	埋藏 ____
漏水 ____	露水 ____	書名 ____	虛名 ____
前途 ____	前頭 ____	繼母 ____	計謀 ____
主人 ____	舉人 ____	個人 ____	過癮 ____
山坡 ____	山包 ____	剖開 ____	剝開 ____

朗讀練習

Shùnkǒuliū
順 口 溜

Xiǎo hēilǘ, dà hēilǘ,
小 黑驢，大 黑驢，
shuōqi hēilǘ zhēn yǒuqù.
説 起 黑驢 真 有 趣。
Bái weǐbashāo hóng zuǐchún,
白 尾 巴 梢 紅 嘴 唇，
shēn shàng de máomao quánqūqū.
身 上 的 毛 毛 蜷 曲曲。

Xiǎo Lǐ dìdi qù mǎi mǐ,
小 李 弟弟 去 買 米，
Huílai tí mǐ shàng lóutī,
回來 提 米 上 樓梯，
Lóutī yǒu ní huádào dǐ,
樓 梯 有 泥 滑 到 底，

Săle yī dì mǐ, shuāile yī shēn ní.
撒了一地米，摔 了一 身 泥。

É（Táng Shī）
鵝（唐 詩）

É, é, é,
鵝，鵝，鵝，
Qū xiàng xiàng tiān gē,
曲 項 向 天 歌，
Bái máo fú lǜ shuǐ,
白 毛 浮 綠 水，
Hóng zhăng bō qīng bō.
紅 掌 撥 清 波。

辨聽答案

比方	✓	北方		手臂	✓	手背	
流利	✓	流淚		迷藏		埋藏	✓
漏水		露水	✓	書名		虛名	✓
前途	✓	前頭		繼母		計謀	✓
主人		舉人	✓	個人	✓	過癮	
山坡		山包	✓	剖開	✓	剝開	

第十五課　捲舌元音 er

本課正音重點：

■ 單韻母 er 的正確發音；
■ 普通話“二”的正確發音。

語音講解

單韻母 er，是普通話中唯一的捲舌元音。

在 er 這個捲舌元音中，r 本身並不是獨立的，它只是表示一個捲舌動作，所以一般將 er 視為單韻母。廣州話中沒有這種捲舌元音。

■ er 的發音

口自然張開，舌位不前、不後、不高、不低，舌前部略向上抬，自我感覺舌尖向後捲起（其實並未真的向後捲起，僅有向後捲的趨向和感覺：舌尖略用力翹起，與硬腭前部相對但不相接，舌面前部稍凹陷）。所以，準確說來，這是一個翹舌音，而非捲舌音。

一般來說，單韻母 er 的發音可以看作是 e 加捲舌動作發 r 音而構成的，例如“兒”，就可以用這種方法發出來。不過，捲舌動作 r 與 e 幾乎是同時出現的，雖然中間可以有非常短暫的過渡。

在普通話中，發 er 音的字不多，常用的有：

兒 ér、二 èr、貳 èr、而 ér、爾 ěr、耳 ěr、邇 ěr、餌 ěr、洱 ěr

這些字的讀音在廣州話中，大多數都讀[ji]，類似普通話中的“椅”字（只有

"餌"廣州話發音為[nei]）。但要注意，在廣州話中發[ji]音的字很多，轉為普通話後僅有這幾個字發 er 音。

■ "二"的特殊發音

需要提醒大家注意的是，雖然普通話"二"或"貳"的發音在字典上與其他發 er 音的字都是同樣的注音，但是"二"和"貳"的發音，實際上是與其他 er 音的字不同。

"二"的正確發音是：a 音加 er 音。用普通話近似的同音字表示，是短促的"啊"加"兒"音構成的。a 音是舌位央低不圓唇音，發音時開口度要比"啊"大些，音短而促，後立即接 er 音。"二"的發音是一個"a → e → r"的過程。由於中間的 e 音是一個過渡音，在 a 加捲舌動作 r 時自然會出現，所以可將"二"字的發音僅看作是 a 加捲舌動作 r，即 ar。

簡言之，"二"字的發音，其開口度要比其他 er 音的字大許多，實際上是去聲的 ar，而不是 er。在香港，有很多人在說普通話時，把"二"讀成去聲的"兒"，這就不似普通話的發音了。

正音練習 

兒童 értóng　　女兒 nǚér　　而且 érqiě　　偶爾 ǒu'ěr

誘餌 yòu'ěr　　魚餌 yú'ěr　　耳朵 ěr · duo　　悅耳 yuè'ěr

二百 èrbǎi　　二重 èrchóng　　三心二意 sān xīn èr yì

普洱茶 Pǔ'ěrchá　　黑格爾 Hēigé'ěr　　耳邊風 ěrbiānfēng

爾虞我詐 ěr yú wǒ zhà　　出爾反爾 chū ěr fǎn ěr

二話不說 èr huà bù shuō　　丈二和尚 zhàng'èr hé · shang

十二個兒童 shí'èr gè értóng　　二十隻耳朵 èrshí zhī ěr·duo

一九二二年 yī jiǔ èr èr nián　　十二點二十 shí'èr diǎn èrshí

女兒二十二 nǚ'ér èrshí'èr　　二兩餌料 èr liǎng ěrliào

二百二十二 èrbǎi èrshíèr　　二千二百二 èrqiān èrbǎi'èr

三七二十一 sān qī èrshíyī　　二一添作五 èr yī tiān zuò wǔ

辨音練習 

【辨讀】

二 —— 兒　　耳 —— 二　　耳朵 —— 二朵

兒子 —— 二子　　耳環 —— 二環　　耳穴 —— 二穴

小兒 —— 小二　　耳目 —— 二目

兒媳婦 —— 二媳婦　　二百五 —— 兒擺五

二房東 —— 耳房東　　爾虞我詐 —— 二魚我炸

出爾反爾 —— 出二反二　　不過爾耳 —— 不過二耳

【辨聽】（請根據錄音，在與發音相符的詞語後面劃上✓。）

二戰 ____　　三心二意 ____

順耳 ____　　耳聰目明 ____

而今 ____　　三十而立 ____

兒科 ____　　兒女情長 ____

二八 ____　　兒歌二首 ____

餌子 ____　　餌以重利 ____

朗讀練習 

Fēng Chuī Niǎo Fēi （érgē）

風　吹　鳥　飛　（兒歌）

Fēng ér chuī, niǎo ér fēi,
風 兒 吹，鳥 兒 飛，
Niǎo ér fēi, fēng ér zhuī,
鳥 兒 飛，風 兒 追，
Fēng ér zhuī, niǎo ér fēi,
風 兒 追，鳥 兒 飛，

Niǎo ér fēi, fēng ér zhuī.
鳥 兒 飛, 風 兒 追。

Xiǎo Píqiú (érgē)
小 皮球 (兒歌)

Xiǎo píqiú, xiāngjiāo yóu,
小 皮球, 香 蕉 油,
Mǎn dì kāi huā èrshíyī,
滿 地 開 花 二十一,
Èr wǔ liù, èr wǔ qī,
二 五 六、二 五 七,
Èr bā, èr jiǔ, sānshíyī......
二 八、二 九、三 十 一……

Yǎba Kāi Kǒu Chàng Érgē (érgē)
啞巴 開 口 唱 兒歌 (兒歌)

Dà yǎba kāi kǒu chàng érgē,
大 啞巴 開 口 唱 兒歌,
Èr lóngzi tīngjiàn xiào hēhē,
二 聾 子 聽 見 笑 呵呵,
Sān xiāzi pǎoqù ná tóngluó,
三 瞎 子 跑 去 拿 銅 鑼,
Yī ná názhe tā gēge de xiǎo ěrduo,
一 拿 拿着 他 哥哥 的 小 耳 朵,
Gēge tòng de méi nàihé,
哥哥 痛 得 沒 奈何,
Lián shēng dà jiào: wō, wō, wō!
連 聲 大 叫: 喔, 喔, 喔!

辨聽答案

二戰 ✓	三心二意 ___
順耳 ___	耳聰目明 ✓
而今 ___	三十而立 ✓
兒科 ✓	兒女情長 ___
二八 ✓	兒歌二首 ___
餌子 ___	餌以重利 ✓

第十六課　二合元音複韻母
ai, ei, ao, ou, ia, ie, ua, uo, üe

本課正音重點：

- 前響複韻母 ai，ei，ao，ou 的正確發音；
- 後響複韻母 ia，ie，ua，uo，üe 的正確發音。

語音講解

所謂“複韻母”，是指由 2 個或 3 個元音構成的韻母。

具有 2 個元音的韻母稱為“二合元音韻母”，含有 3 個元音的韻母稱為“三合元音韻母”。二合元音和三合元音統稱為複合元音。也就是說，複韻母是由複合元音構成的。

複合韻母的發音，從前一個元音向後一個元音過渡時，有一個語音的滑動過程，中間不能停頓，也不能出現明顯的語音跳躍。從第一個音至第二、第三個音要滑過去。這就要求發音器官要有變化，要有一個從前一個音的發音動作向後一個音的發音動作的連貫的變化過程。如 ai 的發音，先要發出 a，而後要迅速滑向 i 音。以 a 為起點，以 i 為終點，中間有一連串的過渡音。

無論是二合元音還是三合元音，在發音的時候，不是所有元音都具有同樣的強度，而總有一個元音是最強、最響亮、最明顯，其他的元音相對說來稍弱，甚至不那麼完整。

■ 前響複合元音

二合元音的複韻母中，前一個元音較強的稱為“前響複合元音”。在普通話中，這樣的複韻母共有 4 個：

ai，ei，ao，ou

■ 前響複合元音在發音時的共同特點

元音舌位由低向高滑動，開頭的元音響亮、清晰，收尾的元音輕短、模糊。如：ai，前面的 a，發音響亮，而且稍長；後面的 i，聽起來又輕又短，比較模糊。

實際發音時，完整發出前一個元音之後，發音器官便向後一個元音的部位迅速滑去，但終點往往並沒有完全到達這個元音，或剛到這個元音便停止了。所以，發音器官，特別是舌位的終點不太確定。

■ 後響複合元音

二合元音的複韻母中，後一個元音較強的稱為“後響複合元音”。在普通話中這樣的複韻母有 5 個：

ia，ie，ua，uo，üe

■ 後響複合元音在發音時的共同特點

舌位由高向低滑動，收尾的元音比較響亮清晰，開頭的元音較弱和短促。但不同於前響複合元音的是，開頭的元音雖然弱而短，但卻是穩定和基本準確與完整的。如：ia，起點的 i，音緊而短，但發音器官是準確地從 i 開始的，收尾的 a，音響而長，發音器官完整到位。

此外，還要注意，ie 和 üe 這兩個複韻母的收尾音不是單韻母的 e，實際上是 ê，發音時要注意將口形平展一些，舌位也要向高、向前推進一些。

學習者還需要注意的是，由於元音的響度不同，有人容易忽略複合元音中較弱的元音的存在，因而造成只發出一個元音的情況。如：

yībǎi（一百）說成 yībǎ（一把），失去了元音 i；

duōshǎo（多少）說成 dōshǎo（似“刀少”），失去了元音 u。

正音練習 

【前響複合元音】

ai

愛戴 àidài	白菜 báicài	拍賣 pāimài	彩帶 cǎidài
海苔 hǎitāi	災害 zāihài	買賣 mǎimài	開採 kāicǎi

ei

肥美 féiměi	配備 pèibèi	妹妹 mèi · mei	貝類 bèilèi
北美 Běiměi	蓓蕾 bèiléi	黑煤 hēiméi	賠給 péigěi

ao

報道 bàodào	禱告 dǎogào	號召 hàozhào	糟糕 zāogāo
騷擾 sāorǎo	老少 lǎoshào	討好 tǎohǎo	懊惱 àonǎo

ou

歐洲 Ōuzhōu	收購 shōugòu	兜售 dōushòu	綢繆 chóumóu
喉頭 hóutóu	抖擻 dǒusǒu	口授 kǒushòu	籌謀 chóumóu

【後響複合元音】

ia

假牙 jiǎyá	恰恰 qiàqià	加價 jiājià	家家 jiājiā
壓價 yājià	下牙 xiàyá	倆倆 liǎliǎ	假蝦 jiǎxiā

ie

結業 jiéyè	貼切 tiēqiè	姐姐 jiějie	趔趄 lièqie
爺爺 yéye	謝謝 xièxie	疊鐵 diétiě	鱉血 biēxiě

ua

掛花 guàhuā	耍滑 shuǎhuá	娃娃 wá·wa	花襪 huāwà
呱呱 guāguā	誇誇 kuākuā	畫花 huàhuā	瓜分 guāfēn

uo

坐落 zuòluò	碩果 shuòguǒ	捉摸 zhuōmō	囉嗦 luō · suo
火鍋 huǒguō	過錯 guòcuò	駱駝 luò · tuo	國貨 guóhuò

üe

雪月 xuěyuè　約略 yuēlüè　雀躍 quèyuè　缺月 quēyuè
決略 juélüè　決絕 juéjué　缺雪 quēxuě　闕略 quēlüè

【組合】

白費 báifèi　百草 bǎicǎo　排列 páiliè　悲哀 bēi'āi
肥皂 féizào　北斗 běidǒu　茅台 máotái　堡壘 bǎolěi
報仇 bàochóu　購買 gòumǎi　守衛 shǒuwèi　逗號 dòuhào
雅座 yǎzuò　佳話 jiāhuà　枷鎖 jiāsuǒ　接洽 jiēqià
鞋襪 xiéwà　結果 jiéguǒ　節約 jiéyuē　華夏 Huáxià
雪花 xuěhuā　活躍 huóyuè　火花 huǒhuā　瓦解 wǎjiě

辨音練習 

【辨讀】

※ 單音節

ai —— ei

百 bǎi —— 北 běi　牌 pái —— 陪 péi
埋 mái —— 沒 méi　來 lái —— 雷 léi
耐 nài —— 內 nèi　賴 lài —— 累 lèi

ao —— ou

到 dào —— 豆 dòu　毛 máo —— 謀 móu
逃 táo —— 頭 tóu　勞 láo —— 樓 lóu
好 hǎo —— 吼 hǒu　早 zǎo —— 走 zǒu

ua —— uo

蛙 wā —— 窩 wō　滑 huá——活 huó
畫 huà —— 貨 huò　瓜 guā —— 鍋 guō
襪 wà —— 臥 wò　掛 guà —— 過 guò

ia——ie

牙 yá —— 也 yě　家 jiā —— 街 jiē
恰 qià —— 且 qiě　下 xià —— 些 xiē

夏 xià —— 謝 xiè　　假 jiǎ —— 姐 jiě

ie —— üe

夜 yè —— 月 yuè　　接 jiē —— 撅 juē

切 qiè —— 確 què　　寫 xiě —— 雪 xuě

節 jié —— 決 jué　　茄 qié —— 瘸 qué

※ 雙音節

ai —— ei

愛美 àiměi　敗北 bàiběi　百倍 bǎibèi　蓋被 gàibèi

沒在 méizài　內在 nèizài　黑白 hēibái　胚胎 pēitāi

ao —— ou

澳洲 Àozhōu　早走 zǎozǒu　操守 cāoshǒu　夠高 gòugāo

好樓 hǎolóu　收到 shōudào　偷盜 tōudào　掃帚 sào · zhou

ua —— uo

瓜果 guāguǒ　跨過 kuàguò　花朵 huāduǒ　滑落 huáluò

火花 huǒhuā　說話 shuōhuà　拖垮 tuōkuǎ　落花 luòhuā

ia —— ie

嫁接 jiàjiē　斜下 xiéxià　謝家 Xièjiā　解甲 jiějiǎ

假藉 jiǎjiè　下野 xiàyě　竊竊 qièqiè　洽接 qiàjiē

ie —— üe

節約 jiéyuē　解決 jiějué　夜月 yèyuè　謝絕 xièjué

確切 quèqiè　學業 xuéyè　學寫 xuéxiě　決裂 juéliè

【辨聽】（請根據錄音，在與發音相符的詞語後劃✓。）

八百 ____ 八把 ____　　大夫 ____ 大福 ____

掛着 ____ 過着 ____　　快說 ____ 快刷 ____

滑動 ____ 活動 ____　　抓住 ____ 捉住 ____

鞋襪 ____ 斜臥 ____　　進化 ____ 進貨 ____

寫景 ____ 雪景 ____　　切實 ____ 確實 ____

茄子 ____ 瘸子 ____　　楔子 ____ 靴子 ____

半夜 ____ 半月 ____　　列位 ____ 略微 ____

百步 ____ 北部 ____　　不買 ____ 不美 ____

排場 ____	賠償 ____	改了 ____	給了 ____
來電 ____	雷電 ____	奈何 ____	內河 ____
小麥 ____	小妹 ____	分派 ____	分配 ____

朗讀練習 

Dēng Gāo (Dù Fǔ)
登　高（杜 甫）

Fēng jí tiān gāo yuán xiào āi,
風 急 天 高　猿　嘯　哀，
Zhǔ qīng shā bái niǎo fēi huí.
渚　清　沙　白　鳥　飛　回。
Wúbiān luò mù xiāoxiāo xià,
無　邊　落　木　蕭　蕭　下，
Bùjìn Chángjiāng gǔngǔn lái.
不 盡　長　江　滾 滾　來。
Wàn lǐ bēi qiū cháng zuò kè,
萬 里 悲 秋　常　作　客，
Bǎi nián duō bìng dú dēng tái.
百　年　多　病　獨　登　台。
Jiānnán kǔ hèn fán shuāng bìn,
艱 難 苦 恨　繁　霜　鬢，
Liáodǎo xīn tíng zhuó jiǔbēi.
潦　倒　新 亭　濁　酒 杯。

Wèishénme Gēnzhe Pǎo
為甚麼 跟着 跑

Bǐsàichǎng shàng, háizi wèn bàba: ‘Zhèxiē rén wèishénme méi mìng de
比賽場 上，孩子 問 爸爸：“這些 人 為甚麼 沒 命 地
pǎo a?’
跑 啊？”

Bàba xiàozhe shuō: ‘Zhè shì sài pǎo, pǎo zài qiántou de rén yǒu jiǎng. ’
爸爸 笑 着 說：“這 是 賽 跑，跑 在 前 頭 的 人 有 獎。”

Háizi bù jiě de wèn: ‘Qiántou de rén yǒu jiǎng, shèngxià méiyǒu jiǎng de,
孩子 不 解 地 問：“前 頭 的 人 有 獎，剩 下 沒 有 獎 的，
wèishénme yě gēnzhe pǎo ne?’
為甚麼 也 跟着 跑 呢？”

辨聽答案

八百 ____ 八把 _✓_
掛着 _✓_ 過着 ____
滑動 _✓_ 活動 ____
鞋襪 ____ 斜臥 _✓_
寫景 ____ 雪景 _✓_
茄子 ____ 瘸子 _✓_
半夜 _✓_ 半月 ____
百步 _✓_ 北部 ____
排場 _✓_ 賠償 ____
來電 ____ 雷電 _✓_
小麥 _✓_ 小妹 ____

大夫 _✓_ 大福 ____
快說 _✓_ 快刷 ____
抓住 ____ 捉住 _✓_
進化 _✓_ 進貨 ____
切實 ____ 確實 _✓_
楔子 ____ 靴子 _✓_
列位 ____ 略微 _✓_
不買 ____ 不美 _✓_
改了 _✓_ 給了 ____
奈何 _✓_ 內河 ____
分派 ____ 分配 _✓_

第十七課　三合元音複韻母 iao, iou, uai, uei

本課正音重點：

■ 三合元音複韻母 iao，iou，uai，uei 的正確發音。

語音講解

在普通話的語音系統中，由 3 個元音組成的複韻母共有 4 個：

iao　　iou（iu）　　uai　　uei（ui）

複韻母 iou 在前面有聲母時，要省略為 iu；複韻母 uei 前加聲母時要使用省略式 ui。

這種三合元音的發音方法，一般來説是兩頭弱，中間強，所以叫“中響複合元音”。舌位由高向低，再由低向高滑動。簡言之，開頭元音緊而短（發音器官是到位的），中間元音響而長，收尾元音短而弱（發音器官有時沒有完全到位，所以終點有些模糊，同前響二合元音）。如：iao，便是在前響複合元音 ao 的前面再加上一段由高元音 i 開始的滑動過程。

三合元音是在前響的二合元音前加了高元音 i 和 u 。這裡的 i 和 u 被稱之為“介音”（或“介母”）。介音不僅在複韻母中有，也會出現在鼻韻母中（在鼻韻母中還會遇到另一個介音 ü）。因為在廣州話的語音中，沒有帶介音的三合元音，所以，在讀帶有介音的音節時，要注意不能將介音漏掉。

在拼讀音節時，可以將這個介音歸在後面的韻母一起，與聲母相拼；也可以將介音先與前面的聲母連在一起，再與後面的二合複韻母相拼。

如，小 —— xiao，在拼讀時，可以採取兩種方法：

x —— iǎo —— xiǎo

xi —— ǎo —— xiǎo

前種方法，更符合語音學上的聲母和韻母相拼讀的原則，但後種方法卻為更多的香港的普通話學習者樂於採用，因為後種方法可以更有效地避免漏掉介音。

普通話韻母的內部結構可以細分為“韻頭”、“韻腹”、“韻尾”等三部份。韻母中，聲音最響亮的部份是韻腹，它的前面是韻頭，後面跟着的是韻尾。不是每個韻母都同時具備這三個部份，只有韻腹是必須有的。單元音只有韻腹，沒有韻頭和韻尾，如：a，二合複韻母中的前響複韻母只有韻腹和韻尾，沒有韻頭，如：ai，二合複韻母中的後響複韻母有韻頭和韻腹，但沒有韻尾，如：ia。

三合複韻母中，韻頭、韻腹和韻尾三部份俱全。大致說來，韻頭的發音短促而緊張，韻腹的發音明亮而清晰，韻尾的發音則略為含混。從韻頭至韻尾是一個圓潤的滑動過程。

正音練習 

iao

巧妙 qiǎomiào　飄搖 piāoyáo　笑料 xiàoliào　逍遙 xiāoyáo

叫囂 jiàoxiāo　苗條 miáotiao　藐小 miǎoxiǎo　窈窕 yǎotiǎo

療效 liáoxiào　教條 jiàotiáo　吊銷 diàoxiāo　調料 tiáoliào

iou

牛油 niúyóu　優秀 yōuxiù　悠久 yōujiǔ　繡球 xiùqiú

舅舅 jiù · jiu　有救 yǒujiù　求救 qiújiù　幽囚 yōuqiú

優良 yōuliáng　救濟 jiùjì　鞦韆 qiūqiān　修理 xiūlǐ

uai

外快 wàikuài　外踝 wàihuái　乖乖 guāi · guai　懷念 huáiniàn

摔跤 shuāijiāo　歪曲 wāiqū　怪事 guàishì　拐棍 guǎigùn

外交 wàijiāo　壞人 huàirén　衰弱 shuāiruò　揣測 chuǎicè

uei

摧毀 cuīhuǐ	追隨 zhuīsuí	崔嵬 cuīwéi	瑰偉 guīwěi
匯兑 huìduì	退回 tuìhuí	畏罪 wèizuì	薈萃 huìcuì
水位 shuǐwèi	罪魁 zuìkuí	醉鬼 zuìguǐ	回味 huíwèi

iao —— iou

要求 yāoqiú	漂流 piāoliú	藥酒 yàojiǔ	郊遊 jiāoyóu
郵票 yóupiào	牛角 niújiǎo	幼小 yòuxiǎo	校友 xiàoyǒu

uai —— uei

快慰 kuàiwèi	衰退 shuāituì	外匯 wàihuì	怪罪 guàizuì
對外 duìwài	乖嘴 guāizuǐ	毀壞 huǐhuài	追懷 zhuīhuái

辨音練習 

【辨讀】

uai —— uei

外 wài —— 位 wèi　　拽 zhuài —— 墜 zhuì

帥 shuài —— 睡 shuì　　快 kuài —— 潰 kuì

壞 huài —— 會 huì　　怪 guài —— 貴 guì

iao —— iou

要 yào —— 又 yòu　　妙 miào —— 謬 miù

刁 diāo —— 丟 diū　　橋 qiáo —— 求 qiú

料 liào —— 六 liù　　交 jiāo —— 糾 jiū

【辨聽】（請根據錄音，在與發音相符的詞語後劃✓。）

敲打 ____ 拷打 ____　　攪亂 ____ 搞亂 ____

巧合 ____ 考核 ____　　威風 ____ 歪風 ____

愧意 ____ 快意 ____　　貴人 ____ 怪人 ____

要求 ____ 繞口 ____　　消息 ____ 遊戲 ____

比較 ____ 比高 ____　　苗條 ____ 茅草 ____

教書 ____ 高足 ____　　九龍 ____ 狗籠 ____

外來 ____ 未來 ____　　懷鄉 ____ 回鄉 ____

角樓 ____	酒樓 ____	耀眼 ____	右眼 ____
生效 ____	生鏽 ____	搖動 ____	游動 ____
鐵橋 ____	鐵球 ____	考試 ____	口試 ____

朗讀練習 

Jiǔ huàn yóu (Ràokǒulìng)
酒 換 油 (繞口令)

Yī húlu jiǔ jiǔ liǎng liù,
一葫蘆酒九 兩 六,
Yī húlu yóu liù liǎng jiǔ,
一葫蘆 油 六 兩 九,
Liù liǎng jiǔ de yóu,
六 兩 九的 油,
Yào huàn jiǔ liǎng liù de jiǔ,
要 換 九 兩 六的 酒,
Jiǔ liǎng liù de jiǔ,
九 兩 六的 酒,
Bù huàn liù liǎng jiǔ de yóu.
不 換 六 兩 九的 油。

Xiè Mì (Duìhuà)
泄 密 (對 話)

Jīnglǐ: Wǒ yào bǎ kuàiji zhǔrèn 'chǎo yóuyú', jué bù liú qíng.
經 理: 我 要 把 會 計 主 任 "炒 魷 魚", 絕 不 留 情!
Mìshū: Wèishénme?
秘 書: 為 甚 麼?

Jīnglǐ: Tā yǒu yī cì zài wàimian shuō wǒ shì zuì hútu de rén.
經 理: 他 有 一 次 在 外 面 說 我 是 最 糊 塗 的 人。

Mìshū: Nà kěshì tài huài le. Zěnme kěyǐ bǎ gōngsī zuì zhòngyào de jīmì suíbiàn wài xiè ne?
秘 書: 那 可是 太 壞 了。怎 麼 可以 把 公 司 最 重 要 的 機密 隨 便 外 泄 呢?

辨聽答案

敲打 ✓ 拷打 ___
巧合 ✓ 考核 ___
愧意 ___ 快意 ✓
要求 ✓ 繞口 ___
比較 ___ 比高 ✓
教書 ✓ 高足 ___
外來 ___ 未來 ✓
角樓 ✓ 酒樓 ___
生效 ___ 生鏽 ✓
鐵橋 ___ 鐵球 ✓

攪亂 ___ 搞亂 ✓
威風 ___ 歪風 ✓
貴人 ✓ 怪人 ___
消息 ✓ 遊戲 ___
苗條 ___ 茅草 ✓
九龍 ___ 狗籠 ✓
懷鄉 ✓ 回鄉 ___
耀眼 ✓ 右眼 ___
搖動 ✓ 游動 ___
考試 ___ 口試 ✓

第十八課　前鼻韻母 -n 和後鼻韻母 -ng

本課正音重點：

- 前鼻韻母 -n 的正確發音；
- 後鼻韻母 -ng 的正確發音；
- -n 與 -ng 的分辨。

語音講解

鼻韻母是由 1 個或 2 個元音後面帶上鼻輔音構成的。

鼻韻母發音的關鍵，是把握好從開頭的元音向韻尾的鼻音過渡的過程。要以元音開始，以鼻音結束。練習時，前面的元音可以發得短促些，後面的鼻音要發得長些、明顯些。在元音的韻頭和鼻音的韻尾之間不能有間斷或跳躍，整個發音器官是做了一個滑動過程。

普通話的鼻韻母，分作前鼻韻母和後鼻韻母。

■ 前鼻韻母

以 -n 結束的韻母。n 的發音，要由舌尖抵住上齒齦、上下門齒對齊，口微開。

■ 後鼻韻母

以 -ng 結束的韻母。ng 的發音，是舌根抵住軟腭，舌後縮，口形開大一些。

以 in 和 ing 為例說明前後鼻韻母的發音:

in 先發準元音 i，不讓氣流中斷，然後迅速完成下列動作：舌頭向前伸，舌尖抵住上齒齦，軟腭同時下降，打開鼻腔通道，氣流從鼻腔流出。從 i 到 n 主要是一個舌頭動作迅速滑動的過程：由元音 i 的高前舌位向輔音 n 的舌尖上齒齦位滑動。氣流先從口腔流出，而後改為從鼻腔流出。當然，整個過程只能用極短的時間。

ing 同樣，先發準元音 i，不讓氣流中斷，然後迅速完成下列動作：舌根向後抬起，接觸軟腭，軟腭同時下降，打開鼻腔通道，氣流從鼻腔流出。從 i 到 ng 也是一個舌位迅速滑動的過程；所不同的是，舌頭從 i 的部位滑向舌根抵住軟腭的 ng 的發音部位。

簡言之，前鼻韻母要用舌前部抵住上齒齦而封閉口腔的氣流通道；後鼻韻母則是用舌根和軟腭封閉口腔使氣流進入鼻腔。

an—ang，en—eng，in—ing 是三對最主要的前後鼻韻母。

在廣州話中，除了有前鼻音 -n 和後鼻音 -ng 之外，還有一個鼻韻尾 -m。凡是在廣州話中收 -m 韻尾的字，在普通話中都讀前鼻音 -n，如："林"、"三"、"音"、"深"、"森"、"點"等字。請注意，普通話沒有鼻韻母 -m。

正音練習 

【單音節】

in —— ing

民 mín —— 明 míng　　吝 lìn —— 令 lìng

您 nín —— 寧 níng　　信 xìn —— 幸 xìng

勤 qín —— 晴 qíng　　金 jīn —— 京 jīng

en —— eng

真 zhēn —— 爭 zhēng　　陳 chén —— 程 chéng

盆 pén —— 朋 péng　　身 shēn —— 聲 shēng

根 gēn —— 耕 gēng　　門 mén —— 萌 méng

an —— ang

半 bàn —— 磅 bàng　　懶 lǎn —— 朗 lǎng

沾 zhān —— 張 zhāng　　翻 fān —— 方 fāng

山 shān —— 商 shāng　　瞞 mán —— 忙 máng

【雙音節】

an —— ang

安放 ānfàng	繁忙 fánmáng	肝臟 gānzàng	南方 nánfāng
反抗 fǎnkàng	讚賞 zànshǎng	寬敞 kuānchang	擔當 dāndāng

ang —— an

傍晚 bàngwǎn	暢談 chàngtán	方案 fāng'àn	鋼板 gāngbǎn
當然 dāngrán	上班 shàngbān	喪膽 sàngdǎn	湯圓 tāngyuán

en —— eng

本能 běnnéng	人稱 rénchēng	神聖 shénshèng	文風 wénfēng
真正 zhēnzhèng	人證 rénzhèng	深坑 shēnkēng	真誠 zhēnchéng

eng —— en

誠懇 chéngkěn	縫紉 féngrèn	成份 chéngfèn	勝任 shèngrèn
承認 chéngrèn	登門 dēngmén	生根 shēnggēn	風塵 fēngchén

in —— ing

聘請 pìnqǐng	心靈 xīnlíng	新興 xīnxīng	引擎 yǐnqíng
銀杏 yínxìng	印行 yìnxíng	新穎 xīnyǐng	拼命 pīnmìng

ing —— in

靈敏 língmǐn	挺進 tǐngjìn	迎新 yíngxīn	影印 yǐngyìn
傾心 qīngxīn	精心 jīngxīn	聽信 tīngxìn	平民 píngmín

辨音練習

【辨讀】

瀕臨 bīnlín —— 冰凌 bīnglíng

親信 qīnxìn —— 青杏 qīngxìng

深沉 shēnchén —— 生成 shēngchéng

蠻纏 mánchán —— 盲腸 mángcháng

善感 shàngǎn —— 上崗 shànggǎng
善戰 shànzhàn —— 上賬 shàngzhàng
反問 fǎnwèn —— 訪問 fǎngwèn
擔心 dānxīn —— 當心 dāngxīn
一般 yībān —— 一幫 yībāng
診治 zhěnzhì —— 整治 zhěngzhì
身世 shēnshì —— 聲勢 shēngshì
人參 rénshēn —— 人生 rénshēng
頻繁 pínfán —— 平凡 píngfán
禁止 jìnzhǐ —— 靜止 jìngzhǐ
不信 bùxìn —— 不幸 bùxìng

【辨聽】（請根據錄音，在與發音相符的詞語後劃✓。）

安然 ____	昂然 ____	爛漫 ____	浪漫 ____
葬送 ____	讚頌 ____	審視 ____	省市 ____
申明 ____	聲明 ____	陳舊 ____	成就 ____
深思 ____	生絲 ____	木棚 ____	木盆 ____
颱風 ____	瓜分 ____	市政 ____	市鎮 ____
清蒸 ____	清真 ____	信服 ____	幸福 ____
親生 ____	輕聲 ____	親近 ____	清靜 ____
金魚 ____	鯨魚 ____	人名 ____	人民 ____
談情 ____	彈琴 ____	紅星 ____	紅心 ____

朗讀練習 

Ràokǒulìng
繞口令

Xiàbian yǒu gè pén, shàngbian yǒu gè péng,
下 邊 有 個 盆， 上 邊 有 個 棚，

Pén pèng péng, péng pèng pén.
盆 碰 棚，棚 碰 盆。
Péng dǎo pén suì, shì péng péi pén,
棚 倒 盆 碎，是 棚 賠 盆，
Háishì pén péi péng?
還是 盆 賠 棚？

Pǔtōnghuà Wèishénme Hǎotīng
普通話 為甚麼好聽

Pǔtōnghuà xiàng yīnyuè nàme dòngtīng. Tā de yǔyīn yǒu cháng, yǒu duǎn,
普通話 像 音樂 那麼 動 聽。它 的 語音 有 長、有 短，
yǒu qīng, yǒu zhòng, yǒu kuài, yǒu màn. Zài shēngmǔ li, yǒu shuāngchúnyīn, yǒu
有 輕、有 重，有 快、有 慢。在 聲 母 裡，有 雙 唇 音，有
chúnchǐyīn, yǒu shéjiān-qiányīn, yǒu shéjiān-zhōngyīn, yǒu shéjiān-hòuyīn, yǒu
唇 齒 音，有 舌尖 前 音，有 舌尖 中 音，有 舌尖 後 音，有
shémiànyīn, yǒu shégēnyīn; zài yùnmǔ li, yòu yǒu shémiàn yùnmǔ, yǒu shéjiān
舌 面 音，有 舌 根 音；在 韻 母 裡，又 有 舌 面 韻 母，有 舌尖
yùnmǔ, yǒu juǎnshé yùnmǔ, yǒu qiánxiǎng fùyùnmǔ, yǒu hòuxiǎng fùyùnmǔ, yǒu
韻 母，有 捲 舌 韻 母，有 前 響 複 韻 母，有 後 響 複 韻 母，有
zhōngxiǎng fùyùnmǔ, yǒu qiánbí yùnmǔ, hòubí yùnmǔ, děngděng. Shuō
中 響 複韻母，有 前 鼻 韻 母，後 鼻 韻 母，等 等。說
Pǔtōnghuà shí, bǎ shétou de língqiǎo, zuǐchún de kāilǒng, bízi de hūxī zhèxiē
普 通 話 時，把 舌 頭 的 靈 巧、嘴 唇 的 開 攏、鼻子 的 呼吸 這 些
tèxìng quánbù yòngshàng le. Guàibudé tā jìng xiàng yīnyuè nàme dòngtīng.
特 性 全 部 用 上 了。怪 不 得 它 竟 像 音 樂 那 麼 動 聽。

Pǔtōnghuà dòngtīng, háiyǒu yī gè yuányīn, tā yǒu qīngshēng, érhuà hé biàn
普 通 話 動 聽，還 有 一 個 原 因，它 有 輕 聲、兒 化 和 變
diào.
調。

辨聽答案

安然	✓	昂然		爛漫		浪漫	✓
葬送		讚頌	✓	審視	✓	省市	
申明	✓	聲明		陳舊		成就	✓
深思	✓	生絲		木棚	✓	木盆	
颱風		瓜分	✓	市政		市鎮	✓
清蒸		清真	✓	信服	✓	幸福	
親生	✓	輕聲		親近		清靜	✓
金魚		鯨魚	✓	人名	✓	人民	
談情		彈琴	✓	紅星		紅心	✓

第十九課　寬鼻韻母an, ang和窄鼻韻母in, en, ing, eng

本課正音重點：

- 寬鼻韻母 an, ang 的正確發音；
- 窄鼻韻母 in, en, ing, eng 的正確發音；
- 寬窄鼻韻母的分辨。

語音講解

普通話中的鼻韻母不但有前後之分，還有寬窄之別。在 16 個鼻韻母中，除了 ong 和 iong 之外，其他的鼻韻母可按寬窄分為 7 對：

an — en, ang — eng, ian — in, iang — ing, uan — uen（un），uang — ueng（ong），üan — üen（ün）

所謂"寬窄"是指舌位動程的大小，最主要是根據發音時，韻腹舌位的高低以及口腔開合度大小來分的。舌位較低和開口度較大的為寬韻母（如：an，ang）；反之，發音時舌位較高、開口度較小的為窄韻母（如：en，eng，in，ing）。寬韻母的韻腹從接近 a 的元音開始滑向鼻音 -n 或 -ng；窄韻母的韻腹則從 e 或 i 開始滑向鼻韻母 -n 或 -ng。

受廣州話影響，很多人容易將普通話中的窄鼻韻母讀得過寬，與寬鼻韻母相混淆，如：

yīn（因）讀成 yān（煙）；zhēn（真）讀成 zhān（沾）；

jīng（京）讀成 jiāng（姜）；fēng（風）讀成 fāng（方）或 fōng

普通話中的鼻韻母中有由介音 i, u, ü 作韻頭的，這樣的鼻韻母有 ian, iang, uan, uang, üan, uen, üen 和 iong。這種鼻韻母都是前高元音 i, u, ü 和後面的鼻韻母結合而成的。方法與前一課中三合複韻母相同，發音時，舌位先發出緊而短的前高元音 i 、u 或 ü 之後，迅速向後面的元音和鼻音過渡，形成一個滑動過程。如發韻母 ian 時，要先發出短促的 i 音之後，迅速滑向 a 和 n，以明顯的鼻輔音結束。但是，確定這種複合鼻韻母的寬窄不是看其韻頭，而是看其韻腹。韻腹為元音 a 者是寬鼻韻母；韻腹為 e 者視為窄鼻韻母。在發這一類的鼻韻母時，在注意舌位口形寬窄的同時，還要注意不要失落了介音韻頭，因為廣州話的鼻韻母是沒有介音韻頭的。

■ 對於 ong，ueng，iong 的説明

ong 發音的起音是個"鬆 u"，舌位比後高圓唇元音 u 略低。受廣州話語音影響，有人常誤將這個音的起音當成 [ɔ]，即廣州話"康"的韻母，舌位太低。另外也有人誤將此音看成是單韻母 o，出現不應有的舌位由低向高的滑動。大致説來，ong 的起始音是 u，所以在普通話音節中屬合口呼的音節。

ueng 是自成音節的鼻韻母，它前面不再與其他聲母相連，所以 ueng 只有一種拼寫形式—weng。發音方法是在鼻韻母 eng 的前面加有韻頭 u，使它形成一個滑動過程。與 ong 的"鬆 u"不同音。

iong 的發音是在 ong 前加韻頭 i 。但是由於受韻腹的影響，i 音也圓唇，所以 i 音的實際發音近 ü。因此這個鼻韻母屬撮口呼，即以 ü 開頭的韻母。

在鼻韻母的寬窄對比中，ong，weng，iong 都屬窄鼻韻母。

正音練習 

【單音節】

an —— en

盤 pán —— 盆 pén
蟬 chán —— 陳 chén
慢 màn —— 悶 mèn

甘 gān —— 根 gēn
殘 cán —— 岑 cén
坎 kǎn —— 肯 kěn

ang —— eng

幫 bāng —— 崩 bēng　　當 dāng —— 燈 dēng

剛 gāng —— 更 gēng　　常 cháng —— 程 chéng

倉 cāng —— 層 céng　　旁 páng —— 蓬 péng

ian —— in

驗 yàn —— 印 yìn　　邊 biān —— 賓 bīn

片 piàn —— 拼 pīn　　棉 mián —— 民 mín

年 nián —— 您 nín　　連 lián —— 林 lín

iang —— ing

氧 yǎng —— 影 yǐng　　娘 niáng —— 寧 níng

量 liáng —— 零 líng　　降 jiàng —— 靜 jìng

強 qiáng —— 情 qíng　　相 xiāng —— 興 xīng

uan —— uen（un）

栓 shuān —— 順 shùn　　酸 suān —— 孫 sūn

團 tuán —— 屯 tún　　還 huán —— 魂 hún

軟 ruǎn —— 潤 rùn　　亂 luàn —— 論 lùn

uang —— ong（ueng）

光 guāng —— 工 gōng　　筐 kuāng —— 空 kōng

黃 huáng —— 紅 hóng　　裝 zhuāng —— 中 zhōng

床 chuáng —— 蟲 chóng　　汪 wāng —— 翁 wēng

üan —— üen（ün）

員 yuán —— 雲 yún　　捐 juān —— 軍 jūn

全 quán —— 群 qún　　宣 xuān —— 薰 xūn

倦 juàn —— 郡 jùn　　遠 yuǎn —— 允 yǔn

【雙音節】

an —— en

安份 ānfèn	翻身 fānshēn	煩悶 fánmèn	犯人 fànrén
版本 bǎnběn	伸展 shēnzhǎn	偵探 zhēntàn	分擔 fēndān
分散 fēnsàn	審判 shěnpàn	深山 shēnshān	殘忍 cánrěn

ang —— eng

長征 chángzhēng	章程 zhāngchéng	長生 chángshēng
昌盛 chāngshèng	生長 shēngzhǎng	膨脹 péngzhàng
正常 zhèngcháng	風浪 fēnglàng	增長 zēngzhǎng
擋風 dǎngfēng	長城 Chángchéng	上升 shàngshēng

iang —— ing

相應 xiāngyìng	良性 liángxìng	詳情 xiángqíng	將領 jiànglǐng
象形 xiàngxíng	營養 yíngyǎng	明亮 míngliàng	清涼 qīngliáng
影響 yǐngxiǎng	講情 jiǎngqíng	強行 qiángxíng	鄉情 xiāngqíng

uan —— uen（un）

傳聞 chuánwén	還魂 huánhún	晚婚 wǎnhūn	存款 cúnkuǎn
輪船 lúnchuán	論斷 lùnduàn	紊亂 wěnluàn	亂倫 luànlún
混亂 hùnluàn	萬噸 wàndūn	環村 huáncūn	亂滾 luàngǔn

辨音練習 

【辨讀】

餞行 jiànxíng —— 進行 jìnxíng	顏色 yánsè —— 銀色 yínsè
講價 jiǎngjià —— 井架 jǐngjià	糧食 liángshi —— 零食 língshí
前人 qiánrén —— 親人 qīnrén	先行 xiānxíng —— 新型 xīnxíng
明亮 míngliàng —— 明令 mínglìng	槍彈 qiāngdàn —— 氫彈 qīngdàn

【辨聽】（請根據錄音，在與發音相符的詞語後劃✓。）

戰士 ____	陣勢 ____	翻身 ____	分身 ____
遺憾 ____	遺恨 ____	盤子 ____	盆子 ____
板子 ____	本子 ____	竿子 ____	根子 ____
寒冷 ____	很冷 ____	很饞 ____	很沉 ____
長度 ____	程度 ____	商人 ____	生人 ____
東方 ____	東風 ____	長工 ____	成功 ____
開放 ____	開縫 ____	忙着 ____	蒙着 ____

朗讀練習

Wǎn Chéng Fàn (Ràokǒulìng)
碗 盛 飯 (繞口令)

Hóng fànwǎn, Huáng fànwǎn,
紅 飯碗, 黃 飯碗,
Hóng fànwǎn chéng mǎn wǎn fàn,
紅 飯碗 盛 滿 碗 飯,
Huáng fànwǎn chéng bàn wǎn fàn,
黃 飯碗 盛 半 碗 飯,
Huáng fànwǎn tiān bàn wǎn fàn,
黃 飯碗 添 半 碗 飯,
Xiàng hóng fànwǎn yīyàng mǎn wǎn fàn.
像 紅 飯碗 一樣 滿 碗 飯。

Pà Jīnglǐ
怕 經理

Hóng jīnglǐ qìhēnghēng de dà shēng wèn: 'Tīngshuō nǐmen rènwéi wǒ duì
洪 經理 氣哼哼 地 大 聲 問: "聽 說 你們 認為 我 對
rén tàidu hěn lìhai, shì zhēn de ma?'
人 態度 很 厲害, 是 真 的 嗎?"

Zhíyuánmen dōu zhuāngzuò mángzhe bàn gōng, shéi yě bù gǎn zuò shēng.
職員們 都 裝 作 忙 着 辦 公, 誰 也 不 敢 作 聲。

Tūrán, yǒu wèi niánqīng de zhíyuán zhàn qilai shuō: 'Hóng jīnglǐ, qíshí nín
突然, 有 位 年 輕 的 職 員 站 起來 說: "洪 經理, 其實 您
yīdiǎnr yě bù lìhai, zhǐshì wǒmen de dǎnzì tài xiǎo le.'
一 點兒 也 不 厲害, 只 是 我 們 的 膽子 太 小 了。"

辨聽答案

戰士 ____	陣勢 ✓	翻身 ✓	分身 ____
遺憾 ✓	遺恨 ____	盤子 ____	盆子 ✓
板子 ✓	本子 ____	竿子 ✓	根子 ____
寒冷 ✓	很冷 ____	很饞 ____	很沉 ✓
長度 ____	程度 ✓	商人 ____	生人 ✓
東方 ✓	東風 ____	長工 ____	成功 ✓
開放 ____	開縫 ✓	忙着 ✓	蒙着 ____

第二十課　兒化韻 -r

本課正音重點：

■ 兒化韻的正確發音。

語音講解

兒化韻是普通話語音的重要特點之一。

在漢語系統中，最初時，詞尾“兒”是一個獨立的音節，與“木頭”、“石頭”、“桌子”、“椅子”等詞中的“頭”、“子”等後綴一樣。但後來，在包括北京在內的北方方言中，“兒”後綴失去了獨立性，與前面的音節發音連為一起，“兒”僅表示一個“捲舌”動作。帶有這個“兒”化詞尾的詞被稱為“兒化韻”詞。

請注意：“兒化韻”詞中的“兒”，是不能單獨發音的，它必須與前一個音節共同發音，成為一個音節。

廣州話中也有“兒”字和“兒”後綴，但是廣州話中的“兒”字不僅發音與普通話不同，而且在做詞尾時也自成音節。因此，廣州話中沒有兒化韻的語音現象。

■ 兒化韻的發音方法

可以分幾種不同的情況：

1. 在韻腹或韻尾 a, o, e 後面直接加上 r 的捲舌動作。如：

刀把兒 dāobàr　　大夥兒 dàhuǒr　　唱歌兒 chànggēr

2. 在單韻母 i, u, ü 後面加上一個過渡音 e，再兒化。如：
小米兒 xiǎomǐr —— xiǎomǐer
金魚兒 jīnyúr —— jīnyúer
湊趣兒 còuqùr —— còuqùer

3. 以 i 或 n 為韻尾的複韻母及鼻韻母，失落韻尾 -i 或 -n，再兒化。如：
小孩兒 xiǎoháir —— xiǎohár
筆尖兒 bǐjiānr —— bǐjiār
樹根兒 shùgēnr —— shùgēr

4. 失落韻尾 ng，韻腹變成鼻化元音（用~表示鼻化）。如：
電影兒 diànyǐngr —— diànyǐr̃
蛋黃兒 dànhuángr —— dànhuár̃
幫忙兒 bāngmángr —— bāngmár̃

兒化韻的發音中，最難的是鼻化加兒化的讀音。

兒化韻的發音根據韻尾的不同而有所不同，但是，總括而言，要注意的是：捲舌動作是發主要元音的同時就要加上去，而不是先發了主要元音再發“兒”。即：不要把“兒”發音成一個獨立的音節，而是要把韻尾的“兒”同前一個音節發成同一個音節。

正音練習 

【a, o, e 的兒化】

號碼兒 hàomǎr	刀把兒 dāobàr
山坡兒 shānpōr	細末兒 xìmòr
唱歌兒 chànggēr	風車兒 fēngchēr
符號兒 fúhàor	草稿兒 cǎogǎor
小猴兒 xiǎohóur	衣兜兒 yīdōur
豆芽兒 dòuyár	人家兒 rénjiār

半截兒 bànjiér
小鳥兒 xiǎoniǎor
皮球兒 píqiúr
小貓兒 xiǎomāor
小褂兒 xiǎoguàr
幹活兒 gànhuór
木橛兒 mùjuér
鍋貼兒 guōtiēr
麥苗兒 màimiáor
蝸牛兒 wōniúr
眼窩兒 yǎnwōr
鮮花兒 xiānhuār
飯桌兒 fànzhuōr
名角兒 míngjuér

【i, u, ü 的兒化】

小米兒 xiǎomǐr
金魚兒 jīnyúr
棋子兒 qízǐr
沒詞兒 méicír
鐵絲兒 tiěsīr
樹枝兒 shùzhīr
湯匙兒 tāngchír
沒事兒 méishìr
小兔兒 xiǎotùr
小雞兒 xiǎojīr
毛驢兒 máolǘr
寫字兒 xiězìr
有刺兒 yǒucìr
小四兒 xiǎosìr
墨汁兒 mòzhīr
鋸齒兒 jùchǐr
覓食兒 mìshír
眼珠兒 yǎnzhūr

【失落韻尾 i，n 的兒化】

小孩兒 xiǎoháir
床單兒 chuángdānr
長輩兒 zhǎngbèir
草根兒 cǎogēnr
筆尖兒 bǐjiānr
腳印兒 jiǎoyìnr
一塊兒 yīkuàir
好玩兒 hǎowánr
墨水兒 mòshuǐr
花紋兒 huāwénr
圓圈兒 yuánquānr
瓶蓋兒 pínggàir
筆桿兒 bǐgǎnr
小妹兒 xiǎomèir
大門兒 dàménr
一點兒 yīdiǎnr
口信兒 kǒuxìnr
乖乖兒 guāiguāir
小船兒 xiǎochuánr
麥穗兒 màishuìr
全村兒 quáncūnr
煙捲兒 yānjuǎnr

紅裙兒 hóngqúnr

真俊兒 zhēnjùnr

【失落韻尾 ng 的兒化】

幫忙兒 bāngmángr

藥方兒 yàofāngr

板櫈兒 bǎndèngr

麻繩兒 máshéngr

信封兒 xìnfēngr

風聲兒 fēngshēngr

唱腔兒 chàngqiāngr

瓜秧兒 guāyāngr

電影兒 diànyǐngr

金星兒 jīnxīngr

蛋黃兒 dànhuángr

竹筐兒 zhúkuāngr

小蟲兒 xiǎochóngr

鬧鐘兒 nàozhōngr

小熊兒 xiǎoxióngr

哭窮兒 kūqióngr

辨音練習 

【辨讀】

婉兒 wǎn'ér —— 玩兒 wánr
兒子 ér·zi —— 子兒 zǐr
兒歌 érgē —— 歌兒 gēr
兒化 érhuà —— 花兒 huār

火星 huǒxīng —— 火星兒 huǒxīngr
沒心 méixīn —— 沒心兒 méixīnr
笑話 xiàohuà —— 笑話兒 xiào · huar
沒完 méiwán —— 沒完兒 méiwánr
兩口 liǎngkǒu —— 兩口兒 liǎngkǒur

小眼 xiǎoyǎn —— 小眼兒 xiǎoyǎnr
來信 láixìn —— 口信兒 kǒuxìnr
木頭 mùtou —— 彈頭兒 dàntóur
雞蛋 jīdàn —— 臉蛋兒 liǎndànr

金黃 jīnhuáng —— 蛋黃兒 dànhuángr
鐵門 tiěmén —— 院門兒 yuànménr

【辨聽】（把錄音中讀出兒化韻的詞語劃上✓。）

門把 _____	後門 _____
樹葉 _____	小鳥 _____
帆船 _____	蛐蛐 _____
老頭 _____	老貓 _____
心眼 _____	菜單 _____
木板 _____	嘴皮 _____
半截 _____	鍋貼 _____
河畔 _____	好味 _____

朗讀練習 

Ér Gē
兒 歌

Yī gè jiànr, tī liǎng xiàr;
一 個 毽兒,踢 兩 下兒;
Dǎ huā gǔr, rào huāxiànr.
打 花 鼓兒, 繞 花 線兒。

Tiānhé chū chàr, dānkù dānguàr;
天 河 出 叉兒, 單 褲 單 褂兒;
Tiānhé diào jiǎor, miánkù mián'ǎor.
天 河 掉 角兒, 棉 褲 棉 襖兒。

Jiànwàng Lǎoshī
健 忘 老師

Xiǎoháir shuō: 'Wǒ de lǎoshī de jìxing zhēn chàjìnr!'
小孩兒 說:"我的老師的記性 真 差勁兒!"
Nǎinai wèn: 'Wèishénme?'
奶奶 問:"為甚麼?"
Xiǎoháir shuō: 'Tā zuór jiāoguò wǒ de zìr, jīnr yīdiǎnr dōu bù zhīdao le,
小孩兒 說:"他昨兒教過 我的字兒,今兒一點兒 都 不知道了,
fǎnwèn wǒ zhè zìr shì zěnme dú.'
反問我 這字兒是怎麼 讀。"

Yào Bù Yào Máor
要不 要 毛兒

Shíkè shuō: 'Nǐ kàn! Zhè zhī xiǎo jīr, zhǐyǒu pír a!'
食客 說:"你看!這 隻 小雞兒,只有皮兒啊!"
Fúwùyuán shuō: 'Shì de, yào bù yào wǒ bǎ máor yě nágěi nǐ?'
服務員 說:"是的,要不要我把毛兒也拿給你?"

辨聽答案

門把 ✓	後門 ✓
樹葉 ___	小鳥 ✓
帆船 ___	蛐蛐 ✓
老頭 ✓	老貓 ___
心眼 ✓	菜單 ___
木板 ✓	嘴皮 ___
半截 ___	鍋貼 ✓
河畔 ___	好味 ✓

第二十一課　音節

本課正音重點：

■ 普通話韻母與聲母的搭配及拼讀。

語音講解

音節是語音的基本結構單位。一般來講，一個漢字的讀音就是一個音節，由聲母、韻母和聲調三部份構成。普通話的聲、韻、調三者有一定的搭配規律。

普通話的韻母按其在發音起始時的口型又可區分為：開口呼、齊齒呼、合口呼和撮口呼等四類。

（1）開口呼韻母有 15 個（以 a，o，e 開頭，另有兩個舌尖元音 -i）：

a，o，e，ê，ai，ei，ao，ou，an，en，ang，eng，-i（前），-i（後），er

（2）齊齒呼韻母有 9 個（以 i 開頭）：

i，ia，ie，iao，iou，ian，in，iang，ing

（3）合口呼韻母有 10 個（以 u 開頭）：

u，ua，uo，uai，uei，uan，uen，uang，ueng，ong

（4）撮口呼韻母有 5 個（以 ü 開頭）：

ü，üe，üan，ün，iong

普通話的 21 個聲母和 39 個韻母相拼，可以得到 400 多個基本音節。但是，並不是任何聲母都可以和任何韻母相搭配。聲母和韻母的搭配是有一定規律的。其規律可見下表（“十”表示可以相搭配，“—”表示不可以相搭配，“Φ”表示零聲母）：

聲母 \ 韻母	開			齊		合		撮	
	-i(前)	-i(後)	其他	i	i-	u	u-	ü	-ü
b p m	—	—	+	+	+	+	—	—	—
f	—	—	+	—	—	+	—	—	—
d t	—	—	+	+	+	+	+	—	—
n l	—	—	+	+	+	+	+	+	+
g k h	—	—	+	—	—	+	+	—	—
j q x	—	—	—	+	+	—	—	+	+
zh ch sh r	—	+	+	—	—	+	+	—	—
z c s	+	—	+	—	—	+	+	—	—
Φ	—	—	+	+	+	+	+	+	+

從表中可以看出：

（1）b，p，m 只跟開口呼、齊齒呼、合口呼（限於 u ）韻母相搭配；

（2）f 只跟開口呼、合口呼（限於 u ）韻母相拼，不跟齊齒呼、撮口呼韻母相拼；

（3）d，t 只跟開口呼、齊齒呼、合口呼韻母相拼，不跟撮口呼韻母相拼；

（4）n，l 可跟開口呼、齊齒呼、合口呼、撮口呼四類韻母相搭配；

（5）g，k，h，zh，ch，sh，r，z，c，s 只跟開口呼、合口呼韻母相拼，不跟齊齒呼、撮口呼韻母相配合；

（6）j，q，x 跟齊齒呼、撮口呼韻母相搭配，不跟開口呼、合口呼韻母相拼；

（7）零聲母可與開、齊、合、撮四類韻母相搭配。

廣州話的音節比普通話多出 130 多個，而且，聲調和韻母的搭配關係也不相同，所以，香港的學習者要避免用廣州話的聲韻搭配規律去拼讀普通話的音節。如：普通話中，b，p，m，f 不能跟韻母 ong 相搭配，但在廣州話中可以。受此影響，香港學習者容易將 beng，peng，meng，feng 等音節讀成 bong，pong，mong，fong。再如，普通話的 g，k，h 不與 i 或 ü 起頭的韻母相拼，廣州話中卻可以，所以香港學習者有時會將 ji，qi，xi 的字唸成 gi，ki，hi。

正音練習 

【開口呼音節】a o e -i（前）-i（後）開頭

b —	巴 bā	波 bō	白 bái	杯 bēi	包 bāo	
	般 bān	奔 bēn	幫 bāng	崩 bēng		
p —	趴 pā	坡 pō	拍 pāi	胚 pēi	拋 pāo	
	剖 pōu	潘 pān	噴 pēn	旁 páng	烹 pēng	
m —	媽 mā	摸 mō	麼 me	埋 mái	眉 méi	
	貓 māo	謀 móu	蠻 mán	悶 mèn	忙 máng	盟 méng
f —	發 fā	佛 fó	飛 fēi	否 fǒu	翻 fān	
	分 fēn	方 fāng	風 fēng			
d —	搭 dā	得 dé	獃 dāi	得 děi	刀 dāo	
	兜 dōu	單 dān	扽 dèn	當 dāng	登 dēng	
t —	他 tā	特 tè	胎 tāi	滔 tāo	偷 tōu	
	攤 tān	湯 tāng	疼 téng			
n —	拿 ná	訥 nè	奶 nǎi	內 nèi	惱 nǎo	
	鎒 nòu	南 nán	嫩 nèn	囊 náng	能 néng	
l —	拉 lā	勒 lè	來 lái	雷 léi	勞 láo	
	樓 lóu	蘭 lán	郎 láng	冷 lěng		
g —	嘎 gǎ	哥 gē	該 gāi	給 gěi	高 gāo	
	溝 gōu	乾 gān	根 gēn	剛 gāng	更 gèng	
k —	咖 kā	科 kē	開 kāi	剋 kēi	考 kǎo	
	口 kǒu	看 kàn	肯 kěn	康 kāng	坑 kēng	
h —	哈 hā	喝 hē	海 hǎi	黑 hēi	好 hǎo	
	猴 hóu	寒 hán	痕 hén	杭 háng	哼 hēng	
zh —	知 zhī	渣 zhā	遮 zhē	窄 zhǎi	這 zhè	
	招 zhāo	周 zhōu	氈 zhān	真 zhēn	張 zhāng	正 zhèng
ch —	吃 chī	插 chā	車 chē	拆 chāi	超 chāo	
	抽 chōu	攙 chān	陳 chén	昌 chāng	稱 chēng	

sh — 詩 shī　沙 shā　奢 shē　篩 shāi　誰 shéi
燒 shāo　收 shōu　山 shān　伸 shēn　傷 shāng　勝 shèng

r — 日 rì　熱 rè　繞 rào　柔 róu　然 rán
人 rén　讓 ràng　扔 rēng

z — 資 zī　雜 zá　則 zé　災 zāi　賊 zéi
遭 zāo　鄒 zōu　咱 zán　怎 zěn　髒 zāng　增 zēng

c — 雌 cí　擦 cā　策 cè　猜 cāi　曹 cáo
湊 còu　參 cān　岑 cén　倉 cāng　層 céng

s — 私 sī　撒 sǎ　色 sè　腮 sāi　搔 sāo　搜 sōu
三 sān　森 sēn　桑 sāng　僧 sēng

Φ — 啊 ā　喔 ō　鵝 é　欸 ê̄　哀 āi
欸 ēi　熬 áo　歐 ōu　安 ān　恩 ēn
昂 āng　鞥 ēng　兒 ér

【齊齒呼音節】i 開頭

b — 逼 bī　別 bié　標 biāo　邊 biān　濱 bīn　冰 bīng

p — 批 pī　撇 piě　飄 piāo　篇 piān　拼 pīn　乒 pīng

m — 迷 mí　滅 miè　苗 miáo　謬 miù　棉 mián
民 mín　明 míng

d — 低 dī　爹 diē　雕 diāo　丟 diū　顛 diān　丁 dīng

t — 梯 tī　貼 tiē　跳 tiào　天 tiān　聽 tīng

n — 泥 ní　捏 niē　鳥 niǎo　妞 niū　年 nián
您 nín　娘 niáng　寧 níng

l — 利 lì　倆 liǎ　列 liè　聊 liáo　流 liú
臉 liǎn　林 lín　涼 liáng　零 líng

j — 極 jí　家 jiā　街 jiē　交 jiāo　九 jiǔ
堅 jiān　近 jìn　江 jiāng　井 jǐng

q — 欺 qī　恰 qià　切 qiè　敲 qiāo　秋 qiū
千 qiān　親 qīn　腔 qiāng　晴 qíng

x — 希 xī　瞎 xiā　些 xiē　小 xiǎo　休 xiū
先 xiān　新 xīn　香 xiāng　興 xìng

Φ — 衣 yī　呀 yā　耶 yē　腰 yāo　優 yōu
煙 yān　因 yīn　央 yāng　英 yīng

【合口呼】u 開頭

b — 不 bù

p — 鋪 pù

m — 木 mù

f — 夫 fū

d — 都 dū　多 duō　堆 duī　端 duān　蹲 dūn
東 dōng

t — 禿 tū　脱 tuō　推 tuī　團 tuán　吞 tūn
通 tōng

n — 奴 nú　挪 nuó　暖 nuǎn　農 nóng

l — 爐 lú　鑼 luó　孿 luán　輪 lún　龍 lóng

g — 姑 gū　瓜 guā　鍋 guō　拐 guǎi　規 guī
關 guān　滾 gǔn　光 guāng　工 gōng

k — 枯 kū　誇 kuā　闊 kuò　快 kuài　虧 kuī
寬 kuān　昆 kūn　筐 kuāng　空 kōng

h — 呼 hū　花 huā　火 huǒ　懷 huái　灰 huī
歡 huān　昏 hūn　荒 huāng　轟 hōng

zh — 珠 zhū　抓 zhuā　桌 zhuō　拽 zhuài　追 zhuī
專 zhuān　準 zhǔn　莊 zhuāng　中 zhōng

ch — 初 chū　欻 chuā　戳 chuō　揣 chuāi　吹 chuī
川 chuān　春 chūn　窗 chuāng　充 chōng

sh — 書 shū　刷 shuā　説 shuō　衰 shuāi　水 shuǐ
栓 shuān　順 shùn　雙 shuāng

r — 如 rú　若 ruò　瑞 ruì　軟 ruǎn　潤 rùn
榮 róng

z — 租 zū　昨 zuó　最 zuì　鑽 zuān　尊 zūn
宗 zōng

c — 粗 cū　錯 cuò　催 cuī　篡 cuàn　村 cūn

聰 cōng

s — 蘇 sū　索 suǒ　雖 suī　酸 suān　孫 sūn

松 sōng

Φ — 烏 wū　蛙 wā　窩 wō　歪 wāi　威 wēi

彎 wān　温 wēn　汪 wāng　翁 wēng

【撮口呼】ü 開頭

n — 女 nǚ　虐 nüè

l — 驢 lǘ　略 lüè

j — 居 jū　决 jué　捐 juān　軍 jūn　窘 jiǒng

q — 區 qū　缺 quē　圈 quān　群 qún　窮 qióng

x — 虛 xū　靴 xuē　軒 xuān　勳 xūn　兄 xiōng

Φ — 迂 yū　約 yuē　冤 yuān　暈 yūn　用 yòng

辨音練習 

【辨讀】

1. beng，peng，meng，feng（不要唸成 bong，pong，mong，fong）

崩塌 bēngtā　蹦躂 bèng · da　繃帶 bēngdài　迸裂 bèngliè

膨脹 péngzhàng　蓬鬆 péngsōng　朋友 péng · you　捧腹 pěngfù

蒙騙 méngpiàn　盟友 méngyǒu　夢境 mèngjìng　朦朧 ménglóng

豐碩 fēngshuò　封面 fēngmiàn　烽火 fēnghuǒ　楓葉 fēngyè

2. ji，qi，xi，ju，qu，xu（不要唸成 gi，ki，hi）

檢驗 jiǎnyàn　經濟 jīngjì　傑作 jiézuò　進行 jìnxíng

劇本 jùběn　覺醒 juéxǐng　捐獻 juānxiàn　軍事 jūnshì

巧合 qiǎohé　橋樑 qiáoliáng　求救 qiújiù　翹首 qiáoshǒu

缺點 quēdiǎn　曲調 qǔdiào　勸告 quàngào　群眾 qúnzhòng

顯著 xiǎnzhù　朽木 xiǔmù　歇息 xiēxi　興奮 xīngfèn

許多 xǔduō　勳爵 xūnjué　雪夜 xuěyè　酗酒 xùjiǔ

3. zhe, che, she, re, ze, ce, se（不要唸成 zhie, chie, shie, rie, zie, cie, sie）

這裡 zhèli	折扣 zhékòu	遮蓋 zhēgài	記者 jìzhě
車站 chēzhàn	扯開 chěkāi	撤退 chètuì	徹底 chèdǐ
捨棄 shěqì	社團 shètuán	奢侈 shēchǐ	賒賬 shēzhàng
惹惱 rěnǎo	熱潮 rècháo	熱鬧 rè'nao	惹事 rěshì
責任 zérèn	擇偶 zé'ǒu	規則 guīzé	仄聲 zèshēng
廁所 cèsuǒ	測量 cèliáng	策略 cèlüè	手冊 shǒucè
塞音 sèyīn	色彩 sècǎi	晦澀 huìsè	吝嗇 lìnsè

4. bei, pei, mei（不要唸成 bui, pui, mui）

一杯 yībēi	背負 bèifù	北面 běimiàn	卑鄙 bēibǐ
披肩 pījiān	胚芽 pēiyá	佩戴 pèidài	賠償 péicháng
煤炭 méitàn	沒有 méiyǒu	妹妹 mèimei	美麗 měilì

5. hu-（不要唸成 fu-）

花朵 huāduǒ	火車 huǒchē	灰塵 huīchén	回家 huíjiā

【辨聽】（請根據錄音，在與發音相符的詞語後面劃✓。）

肥胖 _____ 誹謗 _____　　灰塵 _____ 飛塵 _____
拆開 _____ 切開 _____　　風向 _____ 方向 _____
雪月 _____ 血液 _____　　花蕊 _____ 發現 _____

朗讀練習

Jíwū Chūzū
吉 屋 出 租

Yī tiān xiàwǔ, māma dàizhe nǚ'ér qù guàng jiē, yī lián kàndào jǐ chù
一 天 下 午，媽 媽 帶 着 女 兒 去 逛 街，一 連 看 到 幾 處

zhāozū de fángzi ménkǒur dōu xiězhe ‘Jíwū Chūzū’. Nǚ'ér qíguài de wèn:
招租的房子 門口兒 都 寫着 “吉屋 出租”。女兒 奇怪 地 問:
‘Wèishénme bǎ jílì de fángzi dōu chūzūle ne? Shèngxià bù jílì de, dōu liúgěi zìjǐ
“為甚麼把吉利的房子都出租了呢? 剩下 不吉利的, 都 留給自己
zhù? ’ Māma huídá shuō: ‘Shǎ háizi, yǒu rén lái zū, zhèxiē fángzi bú jiù
住?” 媽媽 回答 說: “傻 孩子, 有 人 來 租, 這些 房子 不 就
biànchéng jílì de le ma?’
變 成 吉利的了 嗎?”

Bàozhǐ
報紙

Bàozhǐ, shì shíqī shìjì chū cái chūxiàn de, lí xiànzài bù dào sìbǎi nián. Tā
報紙, 是 十七 世紀 初 才 出現 的, 離 現在 不 到 四百 年。它
dànshēng yǐhòu, xùnsù chéngzhǎng, hěn kuài chéngwéi ‘quánwēixìng fāyánrén’,
誕生 以後, 迅速 成長, 很 快 成為 “權威性 發言人”,
xiàng yī zhī wànhuātǒng, bǎ wǔ guāng shí sè de shèhuì, zìrán, fǎnyìng jìn rénmen
像 一 隻 萬花筒, 把 五 光 十 色 的 社會、自然, 反映 進 人們
de yǎnliánr, kuòdàle rénmen de shìyě, zēngjiāle rénmen de zhīshi, fēngfùzhe
的 眼簾兒, 擴大了 人們 的 視野, 增加了 人們 的 知識, 豐富着
rénlèi de zhìnéng. Dúzhě kěyǐ cóng bàozhǐ shàng, xùnsù liǎojiě yǒuguān màoyì,
人類 的 智 能。讀者 可以 從 報紙 上, 迅速 了解 有關 貿易、
wàijiāo, cáizhèng, zhànzhēng, gāocéng rénwù huódòng de xiāoxi, hái néng cóng
外交、財政、戰爭、高層 人物 活動 的 消息, 還 能 從
bàozhǐ shàng dézhī gè zhǒng lí qí gǔguài de shì, xiàng huìxīng, hóng xuě, liǎng
報紙 上 得知 各 種 離奇古怪 的 事, 像 彗星、紅 雪、兩
gè tóu de niú, wàixīngrén děng sǒng rén tīng wén de shìr.
個 頭 的 牛、外星人 等 聳 人 聽 聞 的 事兒。

Bàozhǐ yuè lái yuè duō, bàozhǐ de zhǒnglèi yě yuè lái yuè duō: rìbào,
報紙 越 來 越 多, 報紙 的 種 類 也 越 來 越 多: 日報、

zǎobào, wǎnbào, zhōubào, bànyuèbào, yuèbào.......Bàozhǐ de nèiróng yě yuè lái
早 報、晚 報、週 報、 半 月 報、月 報……。報 紙 的 內 容 也 越 來
yuè fēngfù duō cǎi: xīnwén, tèxiě, guǎnggào, túpiàn, shèyǐng, chángpiān xiǎoshuō
越 豐 富 多 彩: 新 聞、特 寫、廣 告、圖 片、攝 影、長 篇 小 説
liánzǎi, měishù, gùshi, xiàohuar......wú suǒ bù bāo.
連 載、美 術、故事、笑 話兒……無 所 不 包。

辨聽答案

肥胖 ✓	誹謗 ___	灰塵 ___	飛塵 ✓
拆開 ✓	切開 ___	風向 ___	方向 ✓
雪月 ___	血液 ✓	花蕊 ✓	發現 ___

練習三　韻母綜合練習

正音練習 

※ 單韻母

a — 大廈 dàshà	哪怕 nǎpà	爸爸 bà · ba	邋遢 lāta
o — 伯伯 bóbo	摸佛 mōfó	磨破 mópò	魔婆 mópó
e — 合格 hégé	折射 zhéshè	隔閡 géhé	可樂 kělè
i — 集體 jítǐ	提議 tíyì	記憶 jìyì	希冀 xījì
u — 樹木 shùmù	孤獨 gūdú	互助 hùzhù	初步 chūbù
ü — 語句 yǔjù	旅居 lǚjū	劇曲 jùqǔ	漁具 yújù
ê — 欸 ê̄			
-i（後）— 支持 zhīchí	時事 shíshì	知識 zhīshi	值日 zhírì
-i（前）— 字詞 zìcí	恣肆 zìsì	子嗣 zǐsì	四次 sìcì
er —兒 ér	耳 ěr	而 ér	二 èr

爬坡 pápō	沙漠 shāmò	煞車 shāchē	法則 fǎzé
法醫 fǎyī	摸底 mōdǐ	磨擦 mócā	大意 dàyì
布帛 bùbó	薄荷 bòhe	合法 héfǎ	合股 hégǔ
合計 héjì	客氣 kè · qi	克服 kèfú	刻薄 kèbó
激發 jīfā	基礎 jīchǔ	拘束 jūshù	局促 júcù
入耳 rù’ěr	取樂 qǔlè	顧惜 gùxī	耳目 ěrmù
末日 mòrì	預測 yùcè	赤字 chìzì	納福 nàfú
舞女 wǔnǚ	戲法 xìfǎ	預科 yùkē	朱砂 zhūshā
主持 zhǔchí	主席 zhǔxí	師資 shīzī	辭職 cízhí
絲織 sīzhī	芝麻 zhī · ma	職責 zhízé	餘額 yú’é

欺詐 qīzhà	淒惻 qīcè	捨得 shě · de	詩劇 shījù

※ 複韻母

ai	— 海菜 hǎicài	災害 zāihài	愛戴 àidài	買賣 mǎimài
ei	— 北美 Běiměi	配備 pèibèi	黑煤 hēiméi	飛雷 fēiléi
ao	— 寶島 bǎodǎo	高潮 gāocháo	報告 bàogào	號召 hàozhào
ou	— 兜售 dōushòu	瘦肉 shòuròu	漏斗 lòudǒu	收購 shōugòu
ia	— 加價 jiājià	下嫁 xiàjià	恰恰 qiàqià	壓價 yājià
ie	— 爺爺 yéye	謝謝 xièxie	趔趄 lièqie	姐姐 jiějie
ua	— 掛花 guàhuā	娃娃 wáwa	花襪 huāwà	耍滑 shuǎhuá
uo	— 墮落 duòluò	過錯 guòcuò	火鍋 huǒguō	懦弱 nuòruò
üe	— 絕學 juéxué	缺雪 quēxuě	決絕 juéjué	約略 yuēlüè
iao	— 巧妙 qiǎomiào	逍遙 xiāoyáo	調料 tiáoliào	苗條 miáotiao
iou	— 優秀 yōuxiù	有救 yǒujiù	舅舅 jiù · jiu	悠遊 yōuyóu
uai	— 外快 wàikuài	乖乖 guāi · guai	外踝 wàihuái	拽壞 zhuàihuài
uei	— 回歸 huíguī	回味 huíwèi	追隨 zhuīsuí	摧毀 cuīhuǐ

白費 báifèi	排列 páiliè	悲哀 bēi'āi	肥皂 féizào
北斗 běidǒu	茅台 máotái	黑白 hēibái	胚胎 pēitāi
佩戴 pèidài	堡壘 bǎolěi	報仇 bàochóu	購買 gòumǎi
籌備 chóubèi	稿費 gǎofèi	腦袋 nǎo · dai	走開 zǒukāi
栽培 zāipéi	敗北 bàiběi	雅座 yǎzuò	佳話 jiāhuà
枷鎖 jiāsuǒ	雪茄 xuějiā	接洽 jiēqià	鞋襪 xiéwà
結果 jiéguǒ	瓦解 wǎjiě	國家 guójiā	化學 huàxué
唾液 tuòyè	火花 huǒhuā	活躍 huóyuè	學業 xuéyè
解決 jiějué	要求 yāoqiú	漂流 piāoliú	郵票 yóupiào
牛角 niújiǎo	校友 xiàoyǒu	描繪 miáohuì	毀壞 huǐhuài
推銷 tuīxiāo	蕭索 xiāosuǒ	歪斜 wāixié	誘拐 yòuguǎi

※ 鼻韻母

an	— 漫談 màntán	蹣跚 pánshān	展覽 zhǎnlǎn	談判 tánpàn

en —	認真 rènzhēn	本份 běnfèn	沉悶 chénmèn	身份 shēn · fen
in —	薪金 xīnjīn	瀕臨 bīnlín	拼音 pīnyīn	信心 xìnxīn
ian —	變遷 biànqiān	天險 tiānxiǎn	電線 diànxiàn	牽連 qiānlián
uan —	換算 huànsuàn	專斷 zhuānduàn	貫穿 guànchuān	婉轉 wǎnzhuǎn
üan —	軒轅 xuānyuán	淵源 yuānyuán	全權 quánquán	源泉 yuánquán
uen —	溫順 wēnshùn	論文 lùnwén	春筍 chūnsǔn	溫存 wēncún
ün —	均勻 jūnyún	芸芸 yúnyún	逡巡 qūnxún	軍訓 jūnxùn
ang —	幫忙 bāngmáng	當場 dāngchǎng	長廊 chángláng	蒼茫 cāngmáng
eng —	冷風 lěngfēng	更正 gēngzhèng	豐盛 fēngshèng	生成 shēngchéng
ing —	寧靜 níngjìng	命名 mìngmíng	明星 míngxīng	晶瑩 jīngyíng
iang —	響亮 xiǎngliàng	向陽 xiàngyáng	兩樣 liǎngyàng	想像 xiǎngxiàng
uang —	裝璜 zhuānghuáng	狀況 zhuàngkuàng	窗框 chuāngkuàng	狂妄 kuángwàng
ueng —	翁 wēng	嗡 wēng	甕 wèng	
ong —	從容 cóngróng	工農 gōngnóng	鬆動 sōngdòng	通紅 tōnghóng
iong —	洶湧 xiōngyǒng	炯炯 jiǒngjiǒng	兇兇 xiōngxiōng	窮窘 qióngjiǒng

判斷 pànduàn	殘忍 cánrěn	版本 bǎnběn	簡單 jiǎndān
專門 zhuānmén	聯歡 liánhuān	文件 wénjiàn	鍛鍊 duànliàn
謙遜 qiānxùn	前進 qiánjìn	慌忙 huāngmáng	正常 zhèngcháng
光明 guāngmíng	爽朗 shuǎnglǎng	英勇 yīngyǒng	航空 hángkōng
陽光 yángguāng	成功 chénggōng	猖狂 chāngkuáng	浪漫 làngmàn
生產 shēngchǎn	芬芳 fēnfāng	品評 pǐnpíng	平淡 píngdàn
銀行 yínháng	精神 jīngshén	戰爭 zhànzhēng	前鋒 qiánfēng
人性 rénxìng	申請 shēnqǐng	身影 shēnyǐng	房間 fángjiān
慎重 shènzhòng	原諒 yuánliàng	幻想 huànxiǎng	長短 chángduǎn
春光 chūnguāng	綿羊 miányáng	黃昏 huánghūn	昏庸 hūnyōng
年終 niánzhōng	反映 fǎnyìng	輕閒 qīngxián	兇神 xiōngshén

辨音練習 

【辨讀】

波折 bōzhé —— 破車 pò chē

地理 dìlǐ —— 替你 tì nǐ

粵劇 Yuèjù —— 豫劇 Yùjù

經商 jīng shāng —— 輕傷 qīng shāng

施展 shīzhǎn —— 師長 shīzhǎng

深思 shēnsī —— 生絲 shēngsī

頻繁 pínfán —— 平凡 píngfán

菠蘿 bōluó —— 破鑼 pò luó

襲擊 xíjī —— 司機 sījī

崎嶇 qíqū —— 起居 qǐjū

民憤 mínfèn —— 民風 mínfēng

心煩 xīnfán —— 心房 xīnfáng

陳舊 chénjiù —— 成就 chéngjiù

很親 hěn qīn —— 很輕 hěn qīng

【辨聽】（請根據錄音，在與發音相符的詞語後劃✓。）

下坡 ____ 下車 ____

油墨 ____ 遊客 ____

不摸 ____ 不喝 ____

比翼 ____ 比喻 ____

書籍 ____ 書局 ____

適宜 ____ 適於 ____

不急 ____ 佈局 ____

聯繫 ____ 連續 ____

泛濫 ____ 放浪 ____

沒破 ____ 沒課 ____

大伯 ____ 大河 ____

高坡 ____ 高歌 ____

名義 ____ 名譽 ____

大姨 ____ 大魚 ____

有氣 ____ 有趣 ____

意見 ____ 預見 ____

反問 ____ 訪問 ____

開飯 ____ 開放 ____

朗讀練習 

Rè Gǒu

熱 狗

Lǎoshī zài shēngwùkè shàng jiǎngle hěnduō zhǒng gǒu, zuìhòu wèn

老師 在 生 物課 上 講了 很多 種 狗，最後 問

xuésheng: 'Gǒu de zhǒnglèi hěnduō, nǐmen zuì xǐhuan nǎ yī zhǒng gǒu ne?'
學生："狗的種類很多，你們最喜歡哪一種狗呢？"

Xuésheng men yì kǒu tóng shēng de huídá: 'Rè gǒu!'
學生們異口同聲地回答："熱狗！"

Dà Shì hé Mínzhǔ
大事和民主

Jiǎ: Wǒmen jiā zhōng de xiǎoshì dōu yóu wǒ tàitai chǔlǐ, dàshì cái yóu wǒ guǎn. Bùguò, dào xiànzài wéizhǐ, hái méi fāshēng guò shénme dà shì.
甲：我們家中的小事都由我太太處理，大事才由我管。不過，到現在為止，還沒發生過甚麼大事。

Yǐ: Wǒmen jiā zuì mínzhǔ. Wǒ hé tàitai yìjiàn xiāngtóng shí, tā zǒng shì fúcóng wǒ; yìjiàn bùtóng shí, wǒ zǒngshì fúcóng tā.
乙：我們家最民主。我和太太意見相同時，她總是服從我；意見不同時，我總是服從她。

辨聽答案

下坡	✓	下車		沒破		沒課	✓
油墨	✓	遊客		大伯		大河	✓
不摸		不喝	✓	高坡	✓	高歌	
比翼	✓	比喻		名義	✓	名譽	
書籍		書局	✓	大姨	✓	大魚	
適宜	✓	適於		有氣		有趣	✓
不急	✓	佈局		意見		預見	✓
聯繫		連續	✓	反問	✓	訪問	
泛濫		放浪	✓	開飯		開放	✓

附錄

附錄一　發音器官圖

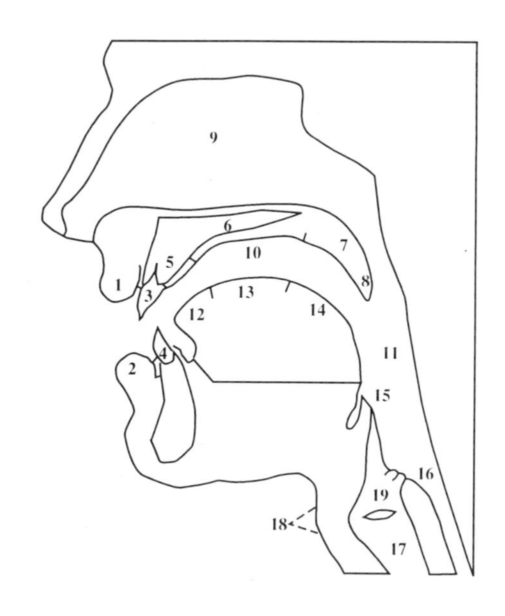

1.2. 上下唇　　3.4. 上下齒

5. 齒齦：上腭前端凸處　　6. 硬腭：上腭靠前凹處

7. 軟腭：上腭靠後軟處　　8. 小舌：上腭終點

9. 鼻腔　　10. 口腔

11. 咽頭：舌頭和喉壁當中的空間　　12. 舌尖

13. 前舌面：舌頭靜止時，對着硬腭處　　14. 後舌面：舌頭靜止時，對着軟腭處

15. 喉蓋　　16. 食道

17.氣管　　18. 喉頭：喉頭外表是喉結

19.聲帶：喉頭中由前向後並生着兩條肌肉的帶；兩條聲帶當中的空間是聲門

附錄二　漢語拼音方案

一　字母表

字母：	A a	B b	C c	D d	E e	F f	G g
名稱：	ㄚ	ㄅㄝ	ㄘㄝ	ㄉㄝ	ㄜ	ㄝㄈ	ㄍㄝ
	H h	I i	J j	K k	L l	M m	N n
	ㄏㄚ	ㄧ	ㄐㄧㄝ	ㄎㄝ	ㄝㄌ	ㄝㄇ	ㄋㄝ
	O o	P p	Q q	R r	S s	T t	U u
	ㄛ	ㄆㄝ	ㄑㄧㄡ	ㄚㄦ	ㄝㄙ	ㄊㄝ	ㄨ
	V v	W w	X x	Y y	Z z		
	ㄪㄝ	ㄨㄚ	ㄒㄧ	ㄧㄚ	ㄗㄝ		

V 只用來拼寫外來語、少數民族語言和方言。

字母的手寫體依照拉丁字母的一般書寫習慣。

二　聲母表

b	p	m	f	d	t	n	l
ㄅ玻	ㄆ坡	ㄇ摸	ㄈ佛	ㄉ得	ㄊ特	ㄋ訥	ㄌ勒
g	k	h	j	q	x		
ㄍ哥	ㄎ科	ㄏ喝	ㄐ基	ㄑ期	ㄒ希		
zh	ch	sh	r	z	c	s	
ㄓ知	ㄔ蚩	ㄕ詩	ㄖ日	ㄗ資	ㄘ雌	ㄙ思	

在給漢字注音的時候，為了使拼式簡短，zh, ch, sh 可以省作 ẑ, ĉ, ŝ。

三　韻母表

	衣 i ㄧ	烏 u ㄨ	迂 ü ㄩ
啊 a ㄚ	呀 ia ㄧㄚ	蛙 ua ㄨㄚ	
喔 o ㄛ		窩 uo ㄨㄛ	
鵝 e ㄜ	耶 ie ㄧㄝ		約 üe ㄩㄝ
哀 ai ㄞ		歪 uai ㄨㄞ	
欸 ei ㄟ		威 uei ㄨㄟ	
熬 ao ㄠ	腰 iao ㄧㄠ		
歐 ou ㄡ	憂 iou ㄧㄡ		
安 an ㄢ	煙 ian ㄧㄢ	彎 uan ㄨㄢ	冤 üan ㄩㄢ
恩 en ㄣ	因 in ㄧㄣ	温 uen ㄨㄣ	暈 ün ㄩㄣ
昂 ang ㄤ	央 iang ㄧㄤ	汪 uang ㄨㄤ	
亨 eng ㄥ	英 ing ㄧㄥ	翁 ueng ㄨㄥ	
ong ㄨㄥ 轟的韻母	雍 iong ㄩㄥ		

（1）“知、蚩、詩、日、資、雌、思”等七個音節的韻母用“ i ”，即知、蚩、詩、日、資、雌、思等字拼作 zhi，chi，shi，ri，zi，ci，si。

（2）韻母儿寫成 er，用作韻尾的時候寫作 r 。例如：“兒童”拼作 értóng，“花兒”寫作 huār。

（3）韻母ㄝ單用的時候寫成 ê。

（4）i 行的韻母，前面沒有聲母的時候，寫成 yi（衣），ya（呀），ye（耶），yao（腰），you（憂），yan（煙），yin（因），yang（央），ying（英），yong（雍）。

u 行的韻母，前面沒有聲母的時候，寫成wu（烏），wa（蛙），wo（窩），wai（歪），wei（威），wan（彎），wen（温），wang（汪），weng（翁）。

ü 行的韻母，前面沒有聲母的時候，寫成 yu（迂），yue（約），yuan（冤），yun（暈）；ü 上兩點省略。

ü 行的韻母跟聲母 j，q，x 拼的時候，寫成 ju（居），qu（區），xu（虛），ü 上兩點也省略；但是跟聲母 n，l 拼的時候，仍然寫成 nü（女），lü（呂）。

（5）iou，uei，uen 前面加聲母的時候，寫成 iu，ui，un，例如 niu（牛），gui（歸），lun（論）。

（6）在給漢字注音的時候，為了使拼式簡短，ng 可以省作 ŋ。

四　聲調符號

陰平	陽平	上聲	去聲
ˉ	ˊ	ˇ	ˋ

聲調符號標在音節的主要母音上。輕聲不標。例如：

媽 mā	麻 má	馬 mǎ	罵 mà	嗎 ma
（陰平）	（陽平）	（上聲）	（去聲）	（輕聲）

五　隔音符號

a，o，e 開頭的音節連接在其他音節後面的時候，如果音節的界限發生混淆，用隔音符號（'）隔開，例如：pi'ao（皮襖）。

附錄三　國際音標簡表

國際音標輔音表

	發音方法			發音部位										
				唇音		舌尖音				舌葉音	舌面音			喉音
				雙唇	唇齒	齒間	舌尖前	舌尖中	舌尖後		舌面前	舌面中	舌面後（舌根）	
輔音	塞音	清	不送氣	p				t				c	k	ʔ
			送氣	p‘				t‘				c‘	k‘	ʔ‘
		濁	不送氣	b				d					g	
			送氣					d‘					g‘	
	塞 擦 音	清	不送氣		pf	tθ	ts		tʂ	tʃ	tɕ			
			送氣		pf‘	tθ‘	ts‘		tʂ‘	tʃ‘	tɕ‘			
		清	不送氣			dð	dz		dʐ	dʒ	dʑ			
			送氣			dð‘	dz‘		dʐ‘	dʒ‘	ɲ̊			
	鼻音	濁		m	ɱ			n	ŋ				ŋ	
	邊	濁						l	ɭ					
	擦	清												
	音	濁												
	擦音	清		ɸ	f	θ	s		ʂ	ʃ	ɕ	ɛ	x	ɦ
		濁		B	v	ð	z		ʐ	ʒ	ʐ		r	ɣ
	半元音	濁		wɥ	ʋ							j (ɥ)	(w)	ɦ

國際音標元音表

舌位	名稱／舌位／唇形	舌尖元音				舌面元音				
		前		後		前		央	後	
		不圓	圓	不圓	圓	不圓	圓	自然	不圓	圓
高	閉	ɿ	ʮ	ʅ	ʯ	i I	y		ɯ	u
半高	半閉					e E	ø	ə	ɤ	o
半低	半開					ɛ æ	œ		ʌ	ɔ
低	開					a		ᴀ	ɑ	

附錄四　漢語拼音字母、注音字母和國際音標對照表

拼音字母	注音符號	國際音標	拼音字母	注音符號	國際音標	拼音字母	注音符號	國際音標
b	ㄅ	〔p〕	z	ㄗ	〔ts〕	ia	ㄧㄚ	〔iA〕
p	ㄆ	〔p‘〕	c	ㄘ	〔ts‘〕	ie	ㄧㄝ	〔iɛ〕
m	ㄇ	〔m〕	s	ㄙ	〔s〕	iao	ㄧㄠ	〔iɑu〕
f	ㄈ	〔f〕	a	ㄚ	〔A〕	iou	ㄧㄡ	〔iou〕
v	ㄪ	〔v〕	o	ㄛ	〔o〕	ian	ㄧㄢ	〔iæn〕
d	ㄉ	〔t〕	e	ㄜ	〔ɤ〕	in	ㄧㄣ	〔in〕
t	ㄊ	〔t‘〕	ê	ㄝ	〔ɛ〕	iang	ㄧㄤ	〔iɑŋ〕
n	ㄋ	〔n〕	i	ㄧ	〔i〕	ing	ㄧㄥ	〔iŋ〕
l	ㄌ	〔l〕	i 前	ㄭ	〔ɿ〕	ua	ㄨㄚ	〔uA〕
g	ㄍ	〔k〕	i 後	ㄭ	〔ʅ〕	uo	ㄨㄛ	〔uo〕
k	ㄎ	〔k‘〕	u	ㄨ	〔u〕	uai	ㄨㄞ	〔uai〕
(ng)	ㄫ	〔ŋ〕	ü	ㄩ	〔y〕	uei	ㄨㄟ	〔uei〕
h	ㄏ	〔x〕	er	ㄦ	〔ɚ〕	uɑn	ㄨㄢ	〔uan〕
j	ㄐ	〔tɕ〕	ai	ㄞ	〔ai〕	uen	ㄨㄣ	〔uən〕
q	ㄑ	〔tɕ‘〕	ei	ㄟ	〔ei〕	uang	ㄨㄤ	〔uɑŋ〕
	ㄬ	〔ȵ〕	ao	ㄠ	〔ɑu〕	ueng	ㄨㄥ	〔uəŋ〕
x	ㄒ	〔ɕ〕	ou	ㄡ	〔ou〕	ong	ㄨㄥ	〔uŋ〕
zh	ㄓ	〔tʂ〕	an	ㄢ	〔an〕	üe	ㄩㄝ	〔yɛ〕
ch	ㄔ	〔tʂ‘〕	en	ㄣ	〔ən〕	üan	ㄩㄢ	〔yɛn〕
sh	ㄕ	〔ʂ〕	ang	ㄤ	〔aŋ〕	ün	ㄩㄣ	〔yn〕
r	ㄖ	〔ʐ〕	eng	ㄥ	〔əŋ〕	iong	ㄩㄥ	〔yŋ〕

參考書目

△《漢語普通話語音辨正》，李明、石佩雯，北京語言學院出版社，1986年 3 月，北京。

△《普通話語音常識》，徐世榮，語文出版社，1993年10月，北京。

△《普通話廣州話的比較與學習》，歐陽覺亞，中國社會科學出版社，1993年11月，北京。

△《普通話語音訓練教程》，宋欣橋，吉林人民出版社，1993年 4 月，長春。

△《普通話水平測試大綱》，劉照雄，吉林人民出版社，1994年11月，長春。

△《國音學》，國立台灣師範大學國音教材編輯委員會，正中書局，1986年 7 月，台北。

△《普通話訓練教程》，任崇芬，西南師範大學出版社，1996年 7 月，重慶。

△《現代漢語語音操練》，湯珍珠，上海教育出版社，1983年12月，上海。

△《新編普通話教程》，吳潔敏，浙江大學出版社，1995年 3 月。

△《廣州話研究》，高華年，商務印書館，1980年 7 月，香港。

△《廣州話・普通話口語詞對譯手冊（增訂本）》，曾子凡，三聯書店，1994年 2 月，香港。